AS AVENTURAS DE
THOR
A fuga de Loki

Erik
Tordensson

Valentí
Ponsa

AS AVENTURAS DE
THOR

A fuga de Loki

Tradução
Luis Reyes Gil

Pingo
de ouro

Para Euge, que viajou a Yggdrasill primeiro.

Título original: *Las aventuras de Thor: la fuga de Loki*
Copyright do texto © 2021, Erik Tordensson e Jaime Valero
Copyright das ilustrações © 2021, Valentí Ponsa
Publicado mediante acordo com Tormenta (www.tormentalibros.com)
Tradução para a língua portuguesa © 2023, Casa dos Mundos/LeYa Brasil, Luis Reyes Gil
Direitos desta edição cedidos para Pingo de Ouro Editores.

Editora executiva
Izabel Aleixo

Revisão de tradução e preparação
Ana Bittencourt

Revisão final
Amanda Salimon

Diagramação de capa e miolo
Alfredo Rodrigues

Ilustração de capa
Valentí Ponsa

Dados Internacionais de Catalogação na Publicação (CIP)
Angélica Ilacqua CRB-8/7057

Tordensson, Erik
    As aventuras de Thor : a fuga de Loki / Erik Tordensson ; tradução de Luis Reyes Gil ; ilustrações de Valentí Ponsa. - São Paulo : Pingo de Ouro, 2024.
    224 p. : il., color.

ISBN 978-65-89760-51-1
Título original: Las aventuras de Thor: la fuga de Loki

1. Literatura infantojuvenil 2. Mitologia nórdica I. Título II. Gil, Luis Reyes III. Ponsa, Valentí

CDD 028.5   24-0613

Índices para catálogo sistemático:
1. Literatura infantojuvenil

Todos os direitos reservados à
PINGO DE OURO EDITORES
Rua Frei Caneca, 91 | Cj. 11 – Consolação
01307-001 – São Paulo – SP

Sumário

CAPÍTULO I
AS MAÇÃS DA DISCÓRDIA

— Loki! Volte já! Você vai meter a gente em confusão! — sussurrou Thor para o amigo, que estava pulando a cerca do jardim da deusa Idunna.

Era uma cerca intransponível. Mas não para Loki, que tinha o poder de se transformar em animais.

PROIBIDO ULTRAPASSAR

NÃO FALA NADA DE RATOS.

Sem pensar duas vezes, o rato se enfiou por um buraquinho.

— Se pegarem você, não vou ajudá-lo de novo! — acrescentou Freyja, que já andava cansada de salvar a pele do garoto quando ele fazia traquinagens.

— Está tudo sob controle! — replicou Loki, desaparecendo para o outro lado.

Era sua frase favorita, mas o problema é que quase nunca correspondia aos fatos.

A nova travessura de Loki tinha um objetivo claro: apropriar-se das maçãs que Idunna cultivava em seu jardim. Essas maçãs tinham a casca dourada e reluzente, e já sabemos da paixão de Loki pelos objetos brilhantes. Não importa se são joias, pedras preciosas ou mesmo uma panela lustrosa.

Mas aquelas maçãs tinham outra peculiaridade, muito importante para os deuses de Asgard. Eram conhecidas como as maçãs da imortalidade e, quando um deus começava a envelhecer, bastava comer uma para recuperar a juventude e o vigor perdidos.

MAÇÃS DE IDUNNA
Desde que o mundo é mundo

> MINHAS FAVORITAS DESDE QUE ME APOSENTEI.

— Se Idunna aparecer, vai arrancar nossos cabelos — sussurrou Thor, inquieto. — E eu fico horrível de peruca!

— Os adultos vão enlouquecer de raiva — concordou Freyja. — Se há uma coisa que os deuses detestam mais do que gigantes são cabelos brancos!

Os dois engoliram em seco só de imaginar o que aconteceria se Loki fizesse uma das suas: os asgardianos ficariam enrugados e não conseguiriam caminhar sem andador. Pelos corredores do palácio, não se ouviriam mais bravatas nem ameaças de lutas, apenas o rangido das articulações e das cadeiras de rodas.

Seria preciso checar os copos antes de tomar água, para ver se não havia nenhuma dentadura dentro, e os torneios de luta livre e equitação seriam substituídos por partidas de dominó e bocha.

E o pior de tudo: os deuses perderiam sua imortalidade. Fim da mamata de viver para sempre!

Assustada com as consequências que aquela travessura poderia provocar, Freyja decidiu intervir.

— Não sei você, Thor — disse, enquanto trepava a cerca —, mas eu vou tentar impedir que isso vá mais longe.

O deus do trovão engoliu em seco.

— Você tem razão. Eu estava pensando em fazer a mesma coisa — respondeu Thor, apesar de, na verdade, estar pensando no que haveria para jantar.

"Tomara que sejam aqueles arenques assados", pensou, com água na boca.

Thor e Freyja precisavam pular sobre a cerca rápido. Para isso, serviram-se do Mjöllnir, o poderoso martelo, e da capa de penas de falcão de Freyja.

Assim que puseram os pés no chão, foram correndo até a gigantesca árvore que ficava bem no centro do jardim de Idunna. Debaixo dela estava Loki.

Era um jardim enorme e frondoso, repleto de árvores que davam frutos tão disparatados quanto a bananaçaí, a peramora ou a mangoiaba. Com essas frutas, Idunna preparava sucos deliciosos que depois vendia numa banquinha perto da entrada do jardim, para levantar um dinheirinho.

Quando chegaram junto à árvore, viram que Loki estava abraçado às maçãs douradas, beijando-as com paixão.

— São lindas, não acham? — comentou ao ouvi-los chegar. — Eu passaria o dia inteiro dando amor a elas... Ah, meu chuchuzinho! — sussurrou para uma das maçãs.

— Pare com essa palhaçada, Loki — disse Thor, puxando-o pelo braço. — Precisamos dar o fora daqui.

— Isso mesmo — insistiu Freyja —, vamos antes que alguém nos veja.

Mas... alguém já os havia visto.

— Ei, vocês! — gritou uma silhueta que se aproximava correndo.

Era uma figura esbelta, com agilidade felina e uma fúria monumental... Idunna, sem dúvida! Ela não gostava nem um pouco de que outros deuses fossem xeretar no seu jardim, e muito menos de que se atrevessem a tocar nas suas queridas frutas.

— Que droga! Nos pegaram! — exclamou Thor.

— Corram! — gritou Loki, que saiu em disparada sem soltar as maçãs da eterna juventude.

Os três amigos deram no pé enquanto Idunna os perseguia, agitando os punhos como um troll com hemorroidas.

— Não parem! — disse Thor. — Já estamos deixando Idunna para trás!

Por sorte, Idunna precisou parar logo em seguida. Estava empanzinada, depois de ter bebido um barril de suco sozinha.

Thor, Freyja e Loki conseguiram escapar, mas não por muito tempo.

— Gravei bem o rosto de vocês! — gritou Idunna, ofegante. — Isso não vai ficar assim. Vou contar tudo a Odin!

E lá foi ela.

Ao chegar à sala do trono, deparou-se com um tremendo alvoroço. Os deuses que ali estavam corriam apavorados de um lado para o outro, perseguidos por um bando de corvos furiosos. No meio de tudo estava Odin, senhor dos deuses… e pai de Thor.

— Não se mexam! — exclamava, gesticulando e tentando pôr ordem na confusão. — Os corvos precisam de tranquilidade. Não fiquem nervosos!

Tudo começara algumas horas antes, quando Odin teve a ideia de promover um show de talentos com seus bichos de estimação: os pássaros.

Como não podia deixar de ser, tudo deu errado.

O espetáculo desandou num caos completo quando Hugin, o pássaro mais rebelde do bando, ficou encantado com o colar de Jörd, a mãe de Thor.

A ave se lançou num mergulho em direção à deusa, que, ao tentar se esquivar, tropeçou em Heimdallr, o guardião de Asgard, que, por sua vez, deu um tremendo pisão em Skuld, uma guerreira valquíria que revidou dando-lhe um sopapo. Então Heimdallr desabou em cima de Jörd e a maior confusão foi armada, enquanto os corvos voavam tresloucados pela sala.

Apesar do caos reinante, Idunna tentava se aproximar de Odin, se esquivando de deuses, penas e móveis tombados pelo chão. Quando chegou perto dele, sussurrou algo ao seu ouvido.

A reação foi imediata.

— ELES FIZERAM O QUÊ?! — bradou Odin.

Todos, aves e deuses, ficaram instantaneamente paralisados. Alguns deles em poses nada lisonjeiras.

— Tragam esses três malandros à minha presença! — ordenou Odin.

Os guardas do palácio correram para cumprir a ordem. O problema era que Asgard estava cheia de malandros. A quem ele se referia exatamente?

Após muito debate e uma votação acirrada, decidiram que Odin se referia a Thor, Freyja e Loki. Os três jovenzinhos haviam arrumado mais encrencas no último ano do que todos os demais habitantes de Asgard juntos.

Os três foram levados à presença do grande Odin e tremiam como um castelo de cartas no meio de uma tempestade.

— Falei para a gente se esconder nas latrinas — sussurrou Loki aos amigos. — O cheiro é horrível, mas ninguém teria se atrevido a nos procurar ali.

Ao chegarem diante do trono prateado de Odin, o senhor dos deuses fechou os punhos. Estava com a barba toda arrepiada e seu olho soltava faíscas.

Primeiro, deu-lhes uma bronca monumental. Os três já conheciam os impropérios de cor.

> ESSA É MINHA PARTE FAVORITA.

Depois, assumiu uma atitude de investigador, disposto a apanhar o culpado:

— De quem foi a ideia de roubar as maçãs? — rugiu. Sua voz reverberou pelas paredes da sala, que também eram de prata.

Thor e Freyja não eram dedos-duros, portanto não cogitavam em delatar Loki. No entanto, esperavam que o amigo fosse ajuizado e admitisse a culpa.

Mas, claro, estamos falando de Loki, o deus das mentiras.

— Não estávamos roubando maçãs, oh, grande Odin — disse Loki, em tom de adulação. — Só havíamos saído para dar um passeio pelo campo e...

— Mentira deslavada! — interveio Idunna, cruzando os braços indignada. — Esse moleque é um tratante muito ardiloso — acrescentou, fulminando Loki com o olhar. — Mas, claro, o que se pode esperar do filho de uns gigan...

Fez-se um silêncio tão tenso que houve quem aproveitasse o momento para se aprofundar nos próprios pensamentos.

Ou no próprio nariz.

— Idunna!

Odin apressou-se em interrompê-la, fazendo sinais para que ela fechasse o bico imediatamente.

— O que foi que ela disse? — questionou Loki.

— Loki é filho de gigantes? — perguntou Thor, boquiaberto.

Isso, sim, era uma novidade, e não aquele penteado esquisito de Hödr.

O senhor dos deuses não sabia como sair dessa.

— N-não, não, g-gigantes, não... — replicou Odin, gaguejando, e esfregou as mãos com nervosismo, começando a transpirar. — O que Idunna está querendo dizer é que os pais de Loki tinham um... hã... como direi... um coração gigantesco.

O pai de Thor não sabia fingir. Como daquela vez em que tentou se fazer passar por uma criança para não ter que pagar a passagem de uma viagem de barco.

— Chega! — exclamou Loki, que já estava perdendo a paciência. — Alguém poderia me explicar o que está acontecendo?

Jörd deu um passo adiante. Os demais deuses fizeram um gesto para detê-la, mas ela respondeu:

— Não, irmãos asgardianos. Loki tem o direito de saber — disse a deusa. — Afinal de contas, trata-se de um segredo já bem conhecido.

CAPÍTULO 2
AMOR GIGANTE, BEBÊ PEQUENININHO

Ninguém ousava se mexer na sala do trono de Asgard. E não só porque os corvos podiam atacar de novo... É que um segredo havia sido revelado e Odin não sabia onde se enfiar.

E SE EU FINGIR QUE ESTOU DORMINDO?

— O que é que eu tenho o direito de saber? — protestou Loki, inquieto. — Sei perfeitamente que meus pais se chamavam Laufey e Fárbauti, vocês que me disseram.

— É verdade — confirmou Jörd, sentindo-se incomodada —, mas... eles não eram quem você pensa.

— Claro que eram! — O deus das travessuras tirou uma foto do bolso. Carregava-a para todo lado. — Aqui está a prova de que...

Fazia tempo que Loki não olhava aquela foto da sua família. De repente, ela já não parecia um retrato tão real assim.

E se tudo aquilo em que sempre havia acreditado fosse mentira?

— Sabe o que é, Loki — começou a dizer Odin, com um tom tão suave, que parecia impróprio ao senhor dos deuses. — Sempre dissemos a você que seus pais, Laufey e Fárbauti, eram dois deuses que desapareceram durante umas férias em Midgard.

— Sim — disse Loki. — E é por isso que não gosto de água.

— No entanto — prosseguiu Odin —, receio que isso tenha sido uma... mentirazinha.

— Uma mentirazinha?! — explodiu Loki. Afinal, de fato, isso era algo bem estranho: normalmente quem mentia era ele.

— Isso mesmo — admitiu Odin, corando. — Na realidade, seus pais eram... gigantes.

Loki entrou em parafuso. Aquilo, sim, era algo pelo qual ele não esperava. Começou a repetir: "Sou filho de gigantes, sou filho de gigantes...", como se tivesse enlouquecido.

Thor acenava diante dos olhos do amigo, mas ele parecia totalmente fora do ar.

— Como é possível que Loki seja filho de gigantes? — perguntou Freyja, incrédula. — Em Asgard, há apenas deuses!

Tinha a esperança de que tudo aquilo fosse um mal-entendido, embora também fizesse questão de estar sempre bem-informada a respeito de tudo.

— Você poderia explicar, Idunna? — sugeriu Odin. Depois acrescentou, sussurrando-lhe ao ouvido: — Foi você que trouxe a história à tona, então acho que agora cabe a você consertar as coisas.

A deusa Idunna não se intimidou. Assentiu, respirou fundo e começou seu relato:

Era uma vez, há muito tempo, numa outra era, dois gigantes chamados Laufey e Fárbauti, que viviam numa terra distante e isolada.

Idunna estava acostumada a organizar sessões de contação de histórias em seu jardim para os deuses mais jovens, então era hábil em criar uma atmosfera adequada. Além disso, sabia muito bem dosar o suspense, e sua voz era tão sonora como o primeiro xixi da manhã.

Certo dia, eles se conheceram e, na mesma hora, se apaixonaram: Laufey era esperta e corajosa; Fárbauti era nobre e honesto.

— Que história chata!

— Fique quieto, Loki! — repreendeu-o Freyja. — Você não quer conhecer sua origem?

— Ah, é verdade! — desculpou-se. — Foi força do hábito.

Depois de lançar-lhe outro olhar severo, Idunna continuou:

Eram tempos de guerra entre deuses e gigantes, nos quais não havia misericórdia. Fárbauti partiu montado no seu corcel, e Laufey ficou para defender a cidade.

As palavras de Idunna eram tão cativantes, que todos os deuses reunidos na sala do trono de Odin conseguiam imaginar as cenas com clareza, como se estivessem nelas.

Enquanto o temível Fárbauti saía para a farra (o que na gíria dos gigantes equivalia a dizer que "saía para batalhar heroicamente pelo bem da comunidade"), a trabalhadora Laufey encarregava-se de dirigir e administrar a cidade em que viviam: garantir as provisões de barrinhas de chocolate, evitar protestos desnecessários e assegurar que as pessoas separassem o lixo corretamente.

Passaram-se os meses e os combates contra os deuses foram se intensificando. A fome e as doenças assolaram o reino dos gigantes, mas, graças ao trabalho de Laufey, a maioria conseguiu sobreviver.

Se bem que as barrinhas de chocolate andavam escassas.

Um dia, a giganta Laufey descobriu, com surpresa, que tinha um bebê no seu ventre. Era tão pequenino, em comparação com o tamanho dela, que só reparou na sua presença quando ele já estava a ponto de nascer. E, quando ele nasceu, cabia inteirinho na palma da mão dela.

"É pequeno como uma unha e frágil como um cílio", pensou Laufey, com pesar. "Um menino tão pequeno assim não conseguirá sobreviver à guerra... e não terá lugar entre os gigantes."

Com grande tristeza, Laufey compreendeu que precisaria procurar um lugar seguro para seu rebento. E, às vezes, não há lugar mais seguro que ao lado de seu maior inimigo...

— É, foi isso — admitiu Odin, interrompendo o relato de Idunna. — Laufey recorreu a mim e me pediu que cuidasse de seu filho. O normal teria sido repelir o inimigo, mas... ela me apresentou alguns argumentos de peso.

O peso exato de uma tonelada: a quantidade de barrinhas de chocolate com as quais o subornou.

BURP!

— Eu deveria ter lhe contado isso — reconheceu o pai de Thor —, mas o tempo foi passando, passando... até que tomei uma decisão muito madura: esperar que você ficasse sabendo por acaso.

Loki estava de boca aberta. Era incapaz de articular qualquer palavra que não fosse um monte de bobagens incoerentes, muito parecido com o que dizia quando lhe faziam alguma pergunta na aula de geografia viking.

— E o que aconteceu com os pais dele? – perguntou Thor, intrigado.

— Fárbauti continua na farra pelas distantes terras do norte, e faz muito tempo que não temos notícias dele – respondeu Odin. – Quanto a Laufey... temo que ela não esteja mais entre nós. Um mensageiro veio me trazer a triste notícia.

Ao ouvir isso, Loki soltou um uivo que ressoou por todo o palácio.

— AAAAAAAAAAAAAAAAAAAAAAAAAAAH!

Seus amigos jamais o tinham ouvido gritar assim, nem mesmo no dia em que enfiaram urtigas dentro da cueca dele.

De repente, o deus das travessuras deu um pulo e saiu correndo da sala do trono.

Preocupados, Thor e Freyja foram atrás do amigo.

— Espere, Loki! Aonde você vai? — exclamou Freyja, sem parar de correr.

— E como corre! — disse Thor, ofegante. — Nada a ver com aquele passo rapidinho dele quando fugíamos de Idunna.

Loki entrou nos seus aposentos e se trancou no banheiro. Mesmo naquela época mitológica, o banheiro era um lugar muito concorrido... e não só para as questões fisiológicas.

— Abra, Loki! — exclamou Thor, golpeando a porta como se fosse um tambor de pele de rena.

ACHO QUE ELE JÁ OUVIU.

— Somos seus amigos — acrescentou Freyja. — Vamos ajudá-lo a superar esse momento difícil.

— Vocês já sabiam disso? — perguntou Loki, do outro lado da porta. — Vinham escondendo isso de mim?

— Não, claro que não! — respondeu Thor.

— Ficamos tão surpresos quanto você — disse Freyja.

— Mas, para a gente, tanto faz você ser filho de gigantes — acrescentou Thor. — Para nós, isso não muda nada.

"Se bem que isso explicaria por que você tem esse hálito tão ruim", pensou o jovem deus do trovão, mas absteve-se de dizer isso em voz alta.

— Claro que muda as coisas! — protestou Loki do outro lado. — Muda tudo.

Só de pensar em usar roupa de gigante, ele já começava a tremer.

— Não há razão para isso — replicou Freyja, que havia começado a puxar a maçaneta da porta. — Vamos, abra a porta para podermos conversar.

— Não vai adiantar! Meu lugar não é aqui! — lamentou-se Loki. — Asgard já não é mais o meu lar!

— Não diga isso, Loki — interveio Thor. — É normal você ficar sentido agora, mas você é um deus de pleno direito. Seu lugar é em Asgard! Vamos, ouça a gente e abra a porta...

Thor e Freyja ficaram aguardando o amigo dizer alguma coisa. Mas o banheiro estava agora no maior silêncio. Algo nada habitual quando era Loki que estava lá dentro.

— Loki, está ouvindo? — perguntou Thor, que já começava a ficar inquieto.

— Pare de ignorar a gente, por favor! — exclamou Freyja. — Vamos entrar.

Thor, que era conhecido por sua força, tomou impulso e pulou contra a porta com o ombro.

Esta, porém, não se moveu nem um centímetro. Era uma porta de carvalho nórdico maciço, ou seja, não iria ceder assim por qualquer coisa.

— Ninguém mandou ser tão vaidoso — repreendeu-o Freyja.

A deusa revirou os olhos e girou a maçaneta sem dificuldade. A porta não estava trancada por dentro. Thor esmurrara a porta sem necessidade.

— Eu sabia — defendeu-se ele. — Só estava checando se a porta era resistente mesmo.

— Tanto faz — respondeu Freyja já entrando no banheiro.

Mas Loki não estava ali.

A janela estava aberta e o banheiro, vazio. Só havia um pedaço de papel no chão e um fedorzinho no ambiente (Loki ficou apertado antes de sair). No papel, estava escrita a seguinte mensagem:

Vou procurar minha mãe.
Não venham atrás de mim.

P.S.: Por favor, puxem a descarga. Não deu tempo.

CAPÍTULO 3
UMA VIAGEM ACIDENTADA

— Loki foi procurar a mãe dele!

— Obrigada pela informação, Thor — rebateu Freyja, com ironia. — Isso não tinha ficado muito claro para mim lendo o bilhete dele.

Era típico de Thor sempre dizer o óbvio.

Os dois amigos refugiaram-se na biblioteca, longe do fedor da privada. Já tinham lido a mensagem um milhão de vezes.

— Mas pra onde será que ele foi? — perguntou o deus do trovão. — Yggdrasill é composta por nove mundos, não teremos tempo de procurar em todos!

Yggdrasill era a árvore onde ficavam todos os mundos, enorme, como você pode imaginar. Podia-se demorar uma vida inteira para ir de uma ponta a outra.

— Não seja bobo, Thor — disse Freyja. — Lembre-se de que a mãe de Loki não está mais entre nós. Isso quer dizer que...

— Ela saiu de férias?

— Não, seu tonto — e o rosto de Freyja ficou sério. — "Não está mais entre nós" é maneira de falar. Significa que morreu, bateu as botas, esticou as canelas. A mãe de Loki deve estar em Hel, o reino dos mortos!

— Gulp! — Thor engoliu em seco. — As histórias que contam desse lugar são de deixar o cabelo em pé.

Para Thor, um lugar terrível era aquele onde não havia nada para se comer.

— Eles não precisam de comida lá — rebateu Freyja. — Já me disseram que os mortos se alimentam dos vivos!

Os dois amigos estremeceram. Corriam muitos boatos sobre Hel. Desde que todas as ruas tinham cheiro de queijo estragado, até que seus habitantes, os mortos, adotavam ratos como bichos de estimação e estavam sempre fora de órbita.

Além disso, os mortos não eram os únicos que habitavam aquele mundo. Havia também todo tipo de criminosos e assassinos, que haviam sido banidos de seus respectivos mundos.

Ninguém sabia se esses boatos eram verdade ou não, porque nenhum ser vivo já tinha se atrevido a ir lá.

Infelizmente, agora não teriam outra opção.

— Temos que ir, pelo Loki — disse Freyja.

— Não sei se isso é motivo suficiente... — rebateu Thor.

Começaram a ver tudo o que seria necessário para a viagem: agasalhos, mudas de roupa, frutas secas para comer de vez em quando e um mapa de Yggdrasill atualizado. Claro, tampouco se esqueceram de levar seus bens mais preciosos.

O Mjöllnir, o poderoso martelo de Thor, que servia tanto para lutar contra um gigante como para descascar pistaches.

E a capa mágica de Freyja, confeccionada com penas de falcão, que a fazia voar e também a agasalhava quando esfriava um pouquinho, caso esquecesse o casaco em casa.

— Agora a gente só precisa de um meio de transporte — disse a deusa dos aventureiros, após uma jornada de preparativos.

— Conheço o veículo ideal — respondeu Thor. — Só não sei se as condutoras vão se alegrar muito quando nos virem...

Thor referia-se à lendária carruagem voadora que guardava nos estábulos do palácio. Ela era puxada por duas cabras mágicas, chamadas Trituradora e Rangedora, que tinham um caráter no mínimo peculiar.

Apesar de tudo, as duas cabras haviam sido de grande ajuda para Thor e Loki na viagem a Jötunheim, o reino dos gigantes. Lá, haviam sido salvos por elas, embora elas também tenham aprontado bastante com os dois.

Principalmente se houvesse um enxame de abelhas pelo caminho.

Além disso, as duas tinham outra vantagem: era possível comer a carne delas, porque depois, se juntassem seus ossos, elas voltavam à vida como se nada tivesse acontecido.

(Bem, não exatamente como se nada tivesse acontecido, porque ficavam num mau humor dos infernos... Por certo, agora você já sabe que "ficar cabreiro" vem da palavra "cabra" mesmo... e com razão!)

Quando Trituradora e Rangedora viram chegar Thor e Freyja, receberam-nos com sua simpatia habitual.

Isto é, ameaçaram os dois com mordidinhas e balidos, pois não tinham vontade de ir a lugar nenhum.

Estavam no bem-bom pastando.

— Deixem de ser teimosas! — reclamou Thor. — Precisamos procurar o Loki!

— Ele foi atrás da mãe dele! — insistiu Freyja. — A coitada faleceu, então vamos ter que ir até... Hel!

— BÉÉÉÉÉÉÉÉÉÉ?!

Trituradora e Rangedora saíram correndo com a potência combinada de suas oito patas conjuntas. Thor e Freyja foram atrás, tentando acalmá-las, mas não houve jeito.

FUGA SUPERSÔNICA

— Desde que começamos essa aventura, não fazemos outra coisa a não ser correr de um lado para o outro como uma rena sem cabeça! — protestou Thor.

Finalmente conseguiram convencê-las por meio de um pacto. Iriam providenciar um estábulo só para elas, além de provisões de grama garantidas por toda a vida e, o mais importante, prometeram não voltar a fazer churrasco delas durante a viagem.

ASSINANDO CONTRATO

Thor e Freyja guardaram a bagagem na carruagem, tomaram as rédeas e entoaram o solene grito para iniciar viagem:

– ÄAMOSKÄABRAS!

A carruagem ergueu-se pelos ares, alvoroçando os cabelos dos dois jovens deuses e a pelagem lanosa das cabras. O chão foi se afastando e, com ele, também os deuses e edifícios de Asgard, que pareciam cada vez menores. Em questão de segundos, já cruzavam o céu a toda velocidade.

O trajeto mais rápido e seguro até Hel exigia atravessar três mundos: Alfheim, Midgard e Nídavellir. Assim evitariam Jötunheim, o lar dos gigantes de gelo. Thor e Freyja queriam passar um bom tempo sem voltar lá, depois de seu grande encontro com Thrym, com quem Thor esteve a ponto de se casar, e Skrymir, que por um triz não atacou Asgard à frente de um exército de gigantes.

Essa rota também permitia que eles evitassem Muspelheim, o reino dos gigantes de fogo. Um lugar perigoso e infernal, repleto de vulcões em erupção, onde a única coisa boa era a qualidade do churrasco.

Durante as primeiras horas de viagem, o voo foi bastante agradável e o bom tempo ajudou. Thor e Freyja tiveram, portanto, uma agradável jornada a bordo da carruagem voadora.

Nem mesmo a flatulência das cabras, provocada pelas folhas de legumes que haviam comido no café da manhã, conseguiram estragar a experiência.

— Da próxima vez, damos maçãs para elas.

Chegaram então a Alfheim, o mundo dos elfos, seres belos e esbeltos que passavam o dia cultivando pepinos ecológicos e contando calorias. Eram um povo pacífico, cuja maior preocupação consistia em fazer o possível para evitar usar uma calça de número maior.

Em geral, eram boa gente, se bem que, se você saísse do tema da alimentação natural, não tinham uma conversa lá muito interessante.

— Eita! — disse Freyja, ao contemplar Alfheim lá do alto. — Parece que aqui só há hortas e mais hortas.

— Eles também têm uns restaurantes muito chiques — acrescentou Thor. — Mas são caríssimos...

Em seguida, sobrevoaram Midgard, o mundo dos humanos, conectado a Asgard por meio da ponte arco-íris, conhecida como Bifrost.

Assim que chegaram, foram envolvidos por uma imensa e escura nuvem de fumaça preta.

PARA OS HUMANOS, "PROGRESSO" É SINÔNIMO DE "POLUIÇÃO".

— Nossa! Como cheira mal! — exclamou Freyja, tapando o nariz.

— Acelerem, meninas! — disse Thor às cabras. — Quanto antes sairmos daqui, melhor.

— Não entendo como os humanos conseguem viver desse jeito – disse Freyja. – É pior do que viver dentro das meias do Loki.

Quando saíram pelo outro lado da nuvem, os dois amigos suspiraram aliviados. Mas o alívio cessou quando viram o que estava bem na frente deles.

Por causa da nuvem de poluição, não conseguiram ver a tempo o gigantesco cume que se erguia diante deles.

— AAAAAAAAAH!

Thor puxou rapidamente as rédeas para que as cabras mudassem de trajetória. Trituradora e Rangedora reclamaram daquela manobra brusca, mas conseguiram desviar com margem suficiente e se esquivar da montanha.

No entanto, a carruagem se desequilibrou e os deuses e as cabras saíram voando pelos ares.

— E agora, o que faremos?! — gritou Freyja.

— Falei para você não guardar a capa e o martelo naquele cofre — protestou Thor, com o coração saindo pela boca.

— Foi você que quis espaço para tomar sol! — exclamou a amiga.

O chão se aproximava velozmente, como um cão faminto perseguindo um osso de rena. O choque era iminente.

Thor e Freyja abraçaram-se e fecharam os olhos, preparando-se para o pior.

— Quem mandou a gente se meter nessa confusão? — lamentou-se o jovem deus do trovão.

CAPÍTULO 4
PATAS NÃO FALTAM

Contra todos os prognósticos, a aterrissagem foi menos grave que o esperado.

Thor conseguiu puxar as rédeas das cabras com força, e isso, de algum modo, suavizou a queda. Freyja agarrou-se ao amigo e, quando tocaram o solo, os dois rolaram pelo chão, o que amorteceu o impacto.

Todos os ocupantes da carruagem saíram ilesos, exceto por alguns roxos e pelo susto que levaram. A carruagem, porém, ficou em pedaços. Só poderia ser aproveitada como peça de arte moderna.

SIMBOLIZA A ENERGIA, A FORÇA, A...

A DESTRUIÇÃO TOTAL, CLARO.

"A CARRUAGEM"

— Com uma coisa dessas não vai dar para ir muito longe – lamentou-se Freyja. – Precisaremos pedir ajuda.

— E ela vai fazer falta – lamentou-se Thor –, porque aquelas duas acabam de nos abandonar.

Thor referia-se às cabras, que haviam desatado a correr de volta para Asgard. Nenhum estábulo repleto de grama compensaria o perigo ao qual aqueles dois jovens deuses queriam submetê-las.

Arrasados, Thor e Freyja retomaram a marcha.

Ao longe, divisaram as casinhas de uma aldeia. Quando se aproximaram, a primeira delas era uma barbearia.

— Vamos perguntar aqui — disse Thor. — A primeira coisa é saber onde estamos...

A resposta foi obtida assim que ele atravessou a porta e viu a estatura do barbeiro e de seus clientes. Estavam em Nídavellir, o mundo dos homens pequenos!

— Nossa, aquele é o Thor! — exclamou um deles, sentado numa das cadeiras, com o cabelo e a barba cheios de bobes.

— Já ia dizer que o rosto me era familiar — disse o cliente ao lado, com o cabelo enrolado numa toalha.

— Opa! — exclamou Thor. — Sindri e Brokk!

Sindri e Brokk eram ferreiros. Eles haviam sido encarregados de forjar o Mjöllnir, o lendário martelo, a partir de uma suposta encomenda de Odin. Ficaram muito zangados quando descobriram que tudo aquilo era uma manobra esperta de Loki, mas isso já tinha sido há algum tempo e, aparentemente, os dois não estavam mais zangados.

— Que ventos os trazem aqui, garotada?

— Não foi bem um vento, foi uma montanha... — respondeu Freyja.

Thor fez um breve resumo das peripécias que haviam vivido até aquele momento. Também perguntou se sabiam de alguém que pudesse arrumar um meio de transporte até Hel.

Os dois homenzinhos cruzaram um olhar cúmplice, como se tramassem algo.

— Puxa, que coincidência — disse Sindri.

— Temos exatamente o que vocês precisam — complementou Brokk.

Os ferreiros saíram apressados da barbearia, sem tirar os bobes e a toalha. Thor e Freyja os seguiram.

— Aonde estamos indo? — perguntou Freyja, enquanto atravessavam a porta, atrás dos anões.

— Até nossa oficina — respondeu Sindri.

— Depressa, antes que se arrependam — sussurrou Brokk, sem que os jovens deuses ouvissem.

Chegaram, então, à casinha de pedra onde os dois ferreiros tinham sua oficina.

Na parte de trás, havia um estábulo, já que boa parte de seus ganhos vinha da fabricação de ferraduras.

Ali estava o cavalo mais estranho que já tinham visto.

— Apresento-lhes Sleipnir — anunciou Brokk, parando junto à porta. — É o lendário corcel cinza de oito patas.

— Ele nos foi doado pelo antigo dono, como pagamento por uns serviços — acrescentou Sindri. — Desde então, vive no estábulo.

— Puxa, seria ótimo para a nossa viagem — disse Freyja, cheia de esperança.

Os dois homenzinhos voltaram a se entreolhar. Era óbvio que estavam escondendo alguma coisa.

— Bem — disse Sindri —, já que vocês estão precisando, podem ficar com ele.

— Mas, em troca, queremos algo de valor igual ou maior — acrescentou Brokk. — Afinal, somos muito afeiçoados a ele.

Quando disseram isso, os dois homenzinhos precisaram fazer muita força para não cair na gargalhada. Na realidade, Sleipnir era um cavalo muito doido e tinha apenas meio neurônio.

Sindri e Brokk estavam querendo muito se livrar do animal.

Além disso, queriam revidar o que Thor tinha aprontado com eles na história do martelo.

— Está certo — disse o deus do trovão. — Digam o que vocês querem e vou enviar uma mensagem a meu pai, Odin, para que ele mande entregar.

Os dois anões eram uns comilões, então sabiam muito bem o que queriam:

— Queremos receber o equivalente ao peso de Sleipnir em carne de rena — anunciaram em uníssono.

— Fechado, vou providenciar o envio — disse Thor, estendendo a mão para selar o acordo.

— Estupendo — disse Sindri. — Ah, mais uma coisa. Antes de partir, vocês vão ter que colocar uma ferradura que está faltando em Sleipnir.

— Nós mesmos poderíamos ter feito isso — acrescentou Brokk —, mas é que ultimamente estamos sentindo muitas dores nas costas.

Era verdade. Como também era verdade que aquelas dores eram fruto do último coice que o impetuoso Sleipnir havia desferido neles.

Seguindo as indicações dos homenzinhos, Thor e Freyja entraram na baia do cavalo. Ao vê-los entrarem em seus domínios, Sleipnir bufou com força, soltando fumaça como se fosse uma chaleira em fogo alto, e soltou um relincho ensurdecedor.

Os dois amigos avançaram devagar, enquanto o corcel enquadrava-os com uns inquietantes olhos cor de âmbar. Freyja sentiu a mão direita tremer, aquela com a qual segurava a ferradura que precisavam colocar no cavalo. A mesma coisa aconteceu com a mão com que Thor empunhava o Mjöllnir, com o qual planejava pregar a ferradura.

"Vamos logo, que minha mão não para quieta...", pensou.

— Qual é o plano? — perguntou Thor, que começava a transpirar de nervoso. — Voltar correndo para Asgard e esquecer todo esse assunto?

— Fique tranquilo — disse a deusa dos aventureiros. — Tive uma ideia. Fique com o martelo a postos.

Aproximou-se lentamente do cavalo, com os braços erguidos, para mostrar-lhe que não era nenhuma ameaça.

— Cavalinho bonzinho, cavalinho bonzinho...

No entanto, ao chegar a uns dois metros do corcel, Sleipnir ergueu-se apoiado nas quatro patas traseiras (quatro mesmo!), soltou um relincho lendário e depois golpeou o solo com toda a força de suas quatro patas dianteiras. O chão tremeu e os dois amigos ficaram grudados na parede.

— Certo, agora chega de gracinhas — disse Freyja decidida.

A deusa pegou seu mítico colar Brisingamen, que tinha o poder de imitar a luz das estrelas.

Ao segurá-lo diante dos olhos do cavalo, o colar soltou um fulgor tão intenso que Sleipnir ficou atordoado e paralisado durante alguns instantes.

— Agora! — exclamou Freyja.

— Qual é a pata em que falta pôr a ferradura? — perguntou Thor, aflito. — Já procurei, mas não consigo encontrá-la. É tanta pata que fica difícil achar!

Por fim, localizaram a pata em questão. Era uma das traseiras.

— Depressa! — disse Thor. — Aqui estamos bem na reta para levar um de seus coices.

Freyja segurou a pata com uma mão e com a outra aproximou a ferradura do casco. Então Thor posicionou os pregos que os homenzinhos lhe haviam dado e empunhou o Mjöllnir para pregar a ferradura.

Tum, tum, tum!

O martelo de Thor era infalível.

— Missão cumprida! — exclamou Freyja, que correu para se proteger antes que Sleipnir recuperasse a visão.

Mas Thor não conseguiu fazer o mesmo. Ao sair correndo atrás da amiga, escorregou num cocô de

Sleipnir, que, sem dúvida, fazia jus ao gigantesco porte do animal. O jovem deus do trovão caiu de costas e bateu a cabeça no chão, ficando meio grogue.

— Thor! — gritou Freyja, bem na hora que Sleipnir começava a abrir os olhos.

A jovem deusa ajudou a amigo a se levantar. Então olhou para Sleipnir, que felizmente ainda não havia se recuperado totalmente.

"Essa é a minha chance!", pensou Freyja.

Freyja rapidamente colocou Thor no lombo de Sleipnir. Depois montou no corcel, agarrou-o pela crina e, antes que ele pudesse reclamar, guiou-o para fora do estábulo.

Por enquanto, haviam conseguido dar conta do animal. Freyja cruzou os dedos para que a sorte não os abandonasse durante a viagem a Hel...

Enquanto isso, muito longe dali, Loki continuava sua jornada, embora nem sempre pedisse informações às pessoas mais adequadas.

CAPÍTULO 5
A PONTE DOS ECOS

Se Thor e Freyja tivessem que escolher um lugar para passar as férias, sabiam muito bem qual seria o último da lista: Niflheim.

Desde que puseram os pés no mundo mais gélido e desolado de toda a Yggdrasill, não haviam feito outra coisa a não ser enfrentar problemas.

A viagem até ali não havia sido especialmente prazerosa. Sleipnir demonstrara ser um corcel veloz e incansável.

"Era de se esperar", pensou Thor, "a julgar por todas essas patas que ele tem." Mas o que ele tinha de vigoroso tinha também de tonto e se dispersava com muita facilidade.

Também tinha predileção pelos caminhos mais complicados.

E parava para comer quando bem entendia.

E foi assim o tempo todo, até divisarem os escarpados penhascos de Niflheim.

Niflheim era um lugar inóspito e nebuloso, coberto de neves perpétuas. Era uma sucessão de penhascos gelados e abismos vertiginosos. O céu era tão branco quanto o chão, e a única coisa que quebrava a monotonia da paisagem eram umas poucas árvores desfolhadas e raquíticas.

Para piorar as coisas, Niflheim abrigava a entrada para Hel, o reino dos mortos.

Logo que chegaram, foram atacados por um vento gélido que os deixou tiritando de frio, com o nariz vermelho e as sobrancelhas e cílios cobertos por cristais de gelo.

— Brrrr! — Freyja estremecia de frio. — D-d-devia ter t-t-t-trazido o casaco de pele de f-f-f-foca...

Cavalgaram pela única trilha que havia no meio da neve, feita de pedra preta como carvão. De ambos os lados do caminho, as árvores estendiam seus galhos até eles como se fossem esqueletos tentando alcançá-los. A roupa grudava nos ramos espinhosos a toda hora.

— Você viu isso? — perguntou de repente Thor, assustado.

— O quê? — disse Freyja, cada vez mais nervosa.

— Alguma coisa se mexeu — respondeu o jovem deus do trovão. — Ali, no meio das árvores.

Niflheim também tinha essa capacidade: a de fazer ver monstros onde (talvez) não houvesse e perceber perigos até na pedra mais inocente do caminho.

— Foi só uma ilusão de óptica, não se preocupe — disse Freyja, tentando tranquilizá-lo, mas não afirmou isso com muita convicção.

— Uma coisa está clara — acrescentou Thor. — Loki deve estar totalmente maluco por vir por vontade própria a um lugar como este.

No horizonte, apareceu a primeira parada de sua viagem: a ponte sobre o rio Gjöll.

Pense num rio de águas cálidas e cristalinas, com o sol refletindo raios dourados em sua superfície.

Conseguiu imaginar? Pois bem, Gjöll não tinha nada a ver com isso.

O principal rio de Niflheim fazia jus ao resto da paisagem. Em vez de cristalinas, suas águas pareciam aqueles restos que ficam no fundo de um copo de vitamina; em vez de peixes, estava repleto de lâminas afiadas; e, em vez de quiosques nas margens, viam-se apenas tocas de roedores sarnentos.

Do outro lado do rio, havia o bosque que levava até as portas de Hel, o reino dos mortos. E para chegar à margem oposta era preciso atravessar uma ponte chamada Gjallarbrú. Era uma imensa estrutura sólida de cristal, revestida de ouro puro e reluzente.

A ponte era guardada por uma giganta magra como um pau de vassoura, vestindo uma roupa levíssima, pouco adequada para aquele clima tão gélido.

Sua longa cabeleira ruiva era coroada por uma tiara feita com chifres de rena. Thor imaginou que, talvez, pudesse ser usada para estender roupa lavada.

Já tinham ouvido falar de Módgudr. Era a encarregada de dar as boas-vindas às almas dos mortos que iam para Hel. E, o que é ainda mais importante: ela devia certificar-se de que nenhum deles saísse de lá.

As armas tenebrosas que empregava para evitar isso eram um mistério.

Quando viu os dois amigos se aproximarem ao lado de Sleipnir, Módgudr aprumou-se e empunhou o seu cajado poderoso, confeccionado com um bastão e um crânio de cabra.

— Quem vem lá? — perguntou com voz potente e sombria.

— Hã... Viemos em missão de paz — respondeu Thor, dizendo essa frase recorrente, que, quase sempre, causava problemas para todos aqueles que a pronunciavam.

A giganta (que, por ser giganta, obstruía toda a passagem) esquadrinhou-os com o olhar.

> COMO VOCÊS SE CHAMAM?

> EU SOU THOR, DEUS DO TROVÃO.

> E EU SOU FREYJA, DEUSA DOS AVENTUREIROS...
> e do amor.

Módgudr, no entanto, ainda não havia concluído seu interrogatório.

— Pode-se saber o que os trouxe aqui?

— Viemos procurar nosso amigo Loki — respondeu Thor.

— Achamos que ele veio ao inframundo procurar a mãe dele — acrescentou Freyja.

A giganta suavizou sua expressão.

— Está bem — disse. — Vejo que seus motivos são puros e nobres. Podem entrar.

— Sério? — perguntou Thor, animado. Não achava que fosse ser tão simples.

— NÃO!

A giganta começou a rir às gargalhadas. Os dois amigos ficaram perplexos.

Quando terminou de rir e enquanto enxugava algumas lágrimas enormes, tão grandes quanto tsunamis,

Módgudr explicou-lhes qual era a verdadeira prova que precisavam enfrentar.

— Se quiserem atravessar a ponte que leva até Hel, terão que me vencer num duelo de espadas.

Dito isso, Módgudr desembainhou a espada que guardava dentro do cajado. Era grande como as pilastras de um prédio. O ruído que Thor e Freyja fizeram ao engolir em seco ressoou por toda Niflheim.

O tiralpalök era um jogo muito popular entre os vikings. Consistia em atirar um pau para o alto e fazê-lo cair em pé no chão. Parecia simples, mas Thor era tão desajeitado que o bastão sempre caía no olho dele.

— Nada de jogos, seus espertinhos! — rugiu a giganta. — Na minha ponte, os problemas são resolvidos no mano a mano. Vamos ver: qual dos dois vai me enfrentar?

Os dois amigos decidiram tirar a sorte. Depois de jogar pedra, papel ou tesoura, a tarefa coube a Thor, que sempre escolhia a mesma coisa.

Ele ficou diante da giganta com o Mjöllnir na mão e uma tremedeira descontrolada nas pernas.

Uma coisa era ser um deus e outra bem diferente era ser insano. Enfrentar uma giganta de Niflheim caía na segunda categoria.

— Há, há, há! — zombou Módgudr. — Você está tremendo que nem vara verde.

— Não é nada disso — choramingou Thor. — É essa corrente de ar frio!

A guardiã da ponte atacou sem mais demora. Desferiu um tremendo golpe com sua espada, que teria partido Thor ao meio se ele não tivesse reagido rapidamente. O jovem deus do trovão rolou pelo chão até ficar fora do alcance dela.

Em seguida, fechou os olhos e tentou se concentrar para invocar a energia do martelo.

"Não vá me falhar agora, Mjöllnir", suplicou. "Preciso muito de você!"

O Mjöllnir era um objeto poderoso, mas falhava mais que um estilingue de papel. Depois de muitas súplicas, o martelo soltou apenas um par de faíscas azuladas.

"Há alguma coisa interferindo em seu poder", pensou Thor. "Deve ser esse maldito frio!"

Na realidade, embora Thor não tivesse consciência disso, o que bloqueava o poder do Mjöllnir era seu próprio medo e sua insegurança ao se ver num lugar tão desolado como Niflheim. Só quando recuperasse a confiança em si mesmo é que poderia aproveitar a força de seu martelo. Naquele momento, porém, precisava encontrar outro modo de derrotar Módgudr.

Nessa hora, a giganta atacou-o com outra estocada, da qual Thor conseguiu se esquivar por um triz.

– Vamos dar um tempo nessa espada! – protestou Thor, frustrado. – Desse jeito não consigo pensar!

Para sorte dele, Freyja vinha observando o combate e tentando descobrir o ponto fraco da giganta. Apesar de sua indubitável força, a espada que empunhava era grande demais até mesmo para ela. Cada vez que desferia um golpe, Módgudr se desequilibrava por alguns segundos, até recuperar o prumo. Se Thor conseguisse desequilibrá-la de vez...

— Thor, ouça! — gritou Freyja. — Preciso lhe contar uma coisa!

Antes que Módgudr desferisse seu próximo ataque, Freyja correu até Thor e lhe contou seu plano. A trégua durou bem pouco, porque a giganta não demorou a atacar de novo.

"Isso é loucura...", pensou Thor, tremendo. "Mas talvez funcione."

Quando a giganta partiu para cima dele com a espada erguida, Thor reagiu da maneira mais inesperada possível. Em vez de tentar se esquivar, correu decidido em direção a ela.

Módgudr a princípio hesitou, mas logo prosseguiu com seu ataque.

— Despeça-se do mundo, seu inseto!

Mas aqueles segundos de hesitação permitiram que Thor chegasse até ela e passasse por entre suas pernas.

A giganta girou o corpo para corrigir a trajetória, mas ficou a ponto de perder o equilíbrio.

No último instante, a giganta deu um jeito de se equilibrar e ergueu de novo sua espada. Mas Thor foi ligeiro e voltou a passar correndo por entre as pernas dela.

— Estou aqui, sua desajeitada!

Módgudr girou de novo, fazendo uma volta completa, mas, dessa vez, já estava desequilibrada. Assim, quando tentou erguer a espada, o peso da arma fez com que se inclinasse para o lado até acabar desabando.

Ploft!

A giganta caiu de costas no chão, provocando um estrondo terrível e um imenso tremor de terra.

O impacto da queda deixou-a meio grogue. Os dois amigos pularam de alegria.

— Sim! Vencemos! — exclamou Freyja.

— Toma essa, Módgudr! — acrescentou Thor. — Agora terá que deixar a gente passar.

A giganta ficou sentada no chão, esfregando o galo que tinha crescido na sua cabeça, grande como uma torre.

— Está bem — concordou a contragosto. — Podem atravessar a ponte.

— Viva! — exclamaram os jovens deuses.

— Só não sei por que ficaram tão contentes — acrescentou a giganta com um tom mordaz. — Afinal, o que espera por vocês do outro lado é Hel, o inframundo...

Isso interrompeu a animação deles.

— Não vamos desanimar, Freyja — disse Thor. — Se conseguimos superar essa prova, é sinal de que iremos bem em todas as outras.

— Tomara que você esteja certo... — complementou a amiga.

Mas, de qualquer modo, as palavras de Thor melhoraram seu ânimo. Fizeram, então, uma mochila com as provisões básicas e se despediram de Sleipnir, que teria que ficar ali até que voltassem. Havia uma norma não escrita, segundo a qual nenhuma criatura com mais de seis patas podia cruzar a ponte. E Sleipnir passava um pouco disso...

SNIF...

MÁXIMO 6 PATAS

Mas não se esqueceram de deixar a ração extra de feno prometida.

Depois de vencer a giganta, despedirem-se do corcel teimoso foi o segundo grande alívio que aquele dia lhes proporcionou.

Então cruzaram a ponte. As paredes de vidro eram opacas vistas de dentro, portanto não dava para ver a paisagem que se estendia em volta. Foi como atravessar um túnel de gelo e, lá dentro, reverberava o eco das vozes daqueles que haviam passado antes por ali.

"Afastai-vos, insensatos..." "Correi, cabeças-ocas. Esse mundo não vos pertence..." "A morte está à espera do outro lado..."

Naquele emaranhado de vozes, gritos e sussurros, ouviram um som que soou familiar.

Estavam seguindo o rastro (ou o mau cheiro) correto.

CAPÍTULO 6
O BOSQUE DE FERRO

Depois que atravessaram a ponte, a paisagem que viram do outro lado era mais desalentadora ainda.

Haviam chegado a Járnvid, também conhecido como Bosque de Ferro. Os galhos das árvores eram feitos desse material, frios ao toque e afiados, se bem que era preciso ser bem estabanado para encostar neles.

As árvores tinham troncos finos e altíssimos, negros como piche, e o ruído que as folhas que se mexiam com o vento faziam lembrava o som do cozinheiro do palácio ao afiar suas facas.

— Esse barulhinho abriu meu apetite — disse Thor, esfregando a barriga.

— Você não muda nada — repreendeu-o Freyja.

— Estou falando sério: acho que a gente deveria parar e comer alguma coisa — insistiu o jovem deus do trovão. — Meu estômago não para de reclamar!

— Está beeeeem! — concordou Freyja, a contragosto. — Vamos parar, então.

Afinal, dentro de pouco tempo teriam que dormir para recuperar as forças. Ainda se orientavam pelo horário de Asgard, pois, em Niflheim, nunca ficava totalmente de dia ou de noite, era sempre uma penumbra contínua, que deixava a fauna silvestre confusa.

Depois de um tempo, encontraram uma clareira entre duas árvores, onde poderiam levantar acampamento. Quando deixaram a bagagem no chão, Thor se dispôs a ir procurar lenha para acender uma fogueira.

– Não podemos acender uma fogueira – advertiu Freyja. – Ouvi dizer que esse bosque é habitado por lobos gigantes. Eles poderiam detectar nossa presença de longe e nos atacar.

— Mais uma razão para acender uma fogueira! — exclamou Thor. — Não seria nada mau provar um bifinho de lobo na brasa — acrescentou, lambendo os beiços.

— Bem, sinto muito, mas você vai ter que se contentar com um sanduíche de anchovas no vinagre — rebateu Freyja. — A não ser que queira acabar virando um bifinho você mesmo.

— Tudo bem, como você quiser — replicou Thor, emburrado.

Exausto, continuou no acampamento e pegou a mochila onde guardava as provisões.

Os dois se sentaram e comeram em silêncio, recuperando-se das emoções vividas naquele longo dia. No entanto, se engasgaram com o último bocado de comida quando ouviram um ruído estranho ao longe. Parecia uma mistura de lamento com uivo ameaçador.

— AAAAAUUUUUUUUUUU...

— O que foi isso? — perguntou Thor, assustado.

— Deve ter sido o vento — respondeu Freyja.

— Vento? — replicou o deus do trovão. — Ah, não, que vento, que nada. Já estou acostumado: a gente ouve algo estranho, você diz que é o vento, então ficamos tranquilos e vamos dormir e, de repente, aparece um monstro terrível que tenta nos devorar enquanto sonhamos.

Isso já acontecera uma centena de vezes nos últimos tempos. Thor era um pouco azarado.

— E o que você propõe que a gente faça?

— Pois é... não sei. Fugir apavorados?

— Isso não é uma opção — rebateu Freyja. — Além disso, já confirmamos que Loki veio para cá. E você não o viu fugir apavorado. Por acaso você é mais covarde que ele, é isso? — acrescentou para provocá-lo.

— O quê?! — exclamou Thor. — De jeito nenhum!

— Assim espero — disse a amiga —, porque estou morrendo de sono. O primeiro turno da guarda é seu!

E, dito isso, se deitou e adormeceu na hora. Thor teve a desagradável sensação de que Freyja tinha armado para cima dele.

Sentou-se com as costas apoiadas num tronco de árvore e deixou o tempo passar. Para se manter acordado, ficou jogando mentalmente um jogo que consistia em inventar a palavra mais estranha e complicada possível e, em seguida, tentar quebrar o recorde com outra palavra ainda mais complexa. Foi assim que o idioma viking foi inventado.

No entanto, seus olhos pesavam cada vez mais. Já tinha começado a cochilar. Estava quase dormindo tão profundo quanto Freyja quando... ouviu uns passos.

Plic.

Um galhinho partido.

Tum, Tum.

Mais passos.

Burp.

Um arroto.

— Perdão, é que hoje comi demais na janta — disse uma misteriosa anciã, que emergiu das árvores.

Ela vestia uma túnica longa e preta. Preta como as penas de corvo que trazia presas à cabeça. De seu capuz, brotava uma cabeleira branquíssima que chegava até a cintura. O cabelo emoldurava um rosto anguloso, com um nariz tão afilado que poderia servir para abrir latas de sardinha.

A anciã aproximou-se mais alguns passos. Ia descalça, apesar da geada que cobria o chão. Parou a alguns metros de Thor e tirou o capuz.

QUEM DEIXOU ISSO NO CHÃO?

ANCHOVA

— F-F-Freyja... — gaguejou Thor, tentando acordar a amiga.

— Ela mergulhou num sono mágico — disse a sinistra anciã. — Só vai acordar daqui a várias horas, completamente descansada, com um apetite voraz e uma vontade tremenda de fazer xixi.

— A mesma coisa que acontece comigo toda manhã — murmurou Thor.

— Coloquei sua amiga para dormir — prosseguiu a anciã —, porque queria falar com você a sós.

Thor ficou em pé. Aquele encontro começava a assustá-lo.

— Sou a Vidente, seu tolo — respondeu a anciã, fazendo uma leve reverência —, guardiã do Bosque de Ferro em tempo integral e profetisa nas horas vagas. Tenho uma mensagem para você.

— Uma mensagem de Loki?

— Loki? – perguntou a anciã, estranhando. – Ah, sei, o pentelho que passou por aqui há uns dias.

— Não, não é nenhuma mensagem dele. Mas já vou adiantando que você terá uma surpresa quando encontrar seu amigo – acrescentou a Vidente, em tom enigmático.

— O que você quer me contar, então?

Se não se tratava de uma mensagem de Loki, o que poderia ser?

— Está se aproximando um grande perigo, jovem Thor – anunciou a anciã, sussurrando –, para você e para todos os seus entes queridos. É melhor você ir se preparando para enfrentá-lo.

— Se você está querendo dizer ficar bem forte, eu já fiz isso — replicou Thor.

A anciã enfureceu-se e soltou fumaça pelas orelhas, literalmente. Também endireitou as costas e, então, ficou claro que era umas duas cabeças mais alta que Thor.

— Não tenho por que lhe contar, deus do trovão — continuou a Vidente. — Mas o perigo a que me refiro poderia implicar o fim dos nove reinos, e seus amigos e você são os únicos que podem evitar isso.

— Sabe o que é? Estou começando a ficar um pouquinho nervoso — disse o jovem deus do trovão. — Você não poderia ser mais específica? A que perigo está se referindo?

Então ouviu-se de novo o lamento de antes, trazido de muito longe pelo vento.

— Aaaaaauuuuu...

— Isso aí tem a ver com o perigo? — perguntou Thor, inquieto.

— Quando fui obrigada, falei, mas agora me calarei — disse a anciã, fugindo da pergunta. — Tenha muito cuidado, jovem Thor. Encontre seu amigo e voltem o quanto antes a Asgard.

— Espere! — exclamou Thor. — Sabe onde posso encontrar o...?

Mas a anciã já havia desaparecido em meio a uma nuvem de fumaça.

Mas, de repente, voltou, dando outro susto em Thor.

— Perdão, acabei errando o caminho.

E desapareceu outra vez.

Um ruído assustou Thor, que deu um pulo e viu que se encontrava onde estava antes, sentado no chão.

— Como cheguei até aqui? — perguntou-se. — Foi tudo um sonho?

Mas isso seria impossível. Thor só sonhava com comida.

Quando ergueu o olhar, viu que Freyja estava de pé na frente dele, com as mãos na cintura e cara de poucos amigos.

— Você caiu no sono durante a guarda, Thor? — perguntou ela.

— O quê? Não, não — rebateu o amigo. — Estava falando com uma anciã esquisita que apareceu aqui de repente. Ela disse que um grande perigo está se aproximando e...

— De novo, você e seus sonhos malucos — replicou Freyja. — Como aquele em que você lanchava com um unicórnio cor-de-rosa com purpurina.

— Sabia que eu não devia contar pra você... — protestou Thor, emburrado.

— Bem, seja como for, já é um novo dia — disse Freyja, mudando de assunto. — Vamos, andando! Quando sairmos desse bosque, chegaremos às portas de Hel.

Não sabiam que alguém vinha seguindo-os de perto.

CAPÍTULO 7
CACHORROS MAUS VÃO PARA O INFERNO

Depois que se acostumaram com o aspecto sinistro das árvores e o retinir de suas folhas de ferro, o trajeto pelo bosque até que não pareceu tão penoso como temiam. Continuava fazendo um frio de doer, mas pelo menos não toparam com nenhum inimigo.

De vez em quando ainda ouviam aquele lamento estranho, mas não conseguiam determinar de onde ele vinha.

— Vai ver que alguém montou um consultório de dentista aqui perto — disse Thor. — Isso explicaria esses lamentos torturantes.

— Eu receio que se trate mais de alguma ameaça perigosa — disse Freyja. — Mas, sim, isso também incluiria os dentistas.

Depois de várias horas de caminhada, e após uma oportuna pausa para comer um sanduíche de arenque, as árvores começaram a rarear, até desaparecerem de vez. A paisagem ficou mais gélida e desolada. Também teve início uma subida íngreme.

— Nossa, que preguiça de subir essa encosta... — lamentou-se Freyja.

À margem do caminho, havia umas pedras afiadas que pareciam caninos. Os dois amigos sentiram como se estivessem passeando dentro da boca de um animal selvagem.

Ao final do caminho, no que parecia ser a garganta de um monstro, erguia-se uma formação rochosa pontiaguda e triangular, com uma abertura na parte inferior. Era o acesso a uma caverna.

— No interior dessa caverna ficam as portas de Hel — anunciou Freyja. — Segundo reza a lenda, elas são guardadas por Garm, o maior dos cães, o feroz guardião do inframundo.

— Como você sabe disso? — perguntou Thor, intrigado.

Freyja sempre estava um passo à frente.

— Eles sempre dão um jeito de incluir bestas impiedosas — protestou o jovem deus. — Bem que, dessa vez, poderiam ter posto um coelhinho guardião, não é? Ou um periquito porteiro, não acha?

Freyja fulminou-o com o olhar, mas preferiu não gastar saliva respondendo àquele comentário.

— Precisamos andar com cuidado — advertiu Freyja. — Com certeza, esse cão se alimenta de viajantes incautos como nós.

Suas palavras ficaram ressoando no ambiente e nenhum dos dois voltou a dizer mais nada até chegarem à entrada da caverna. Dali, não dava para ver mais nada do interior, que estava mergulhado na mais absoluta escuridão.

Assim que entraram na caverna mais um pouco, viram dois pontinhos vermelhos no fundo. Ao se aproximarem mais, comprovaram que eram dois olhos. E, quando chegaram mais perto ainda, viram que aqueles dois olhos flamejantes pertenciam a um cachorrão gigantesco, que, mesmo sentado nas quatro patas, era consideravelmente mais alto que eles.

Era Garm, o guardião das portas de Hel.

Ao vê-los, o cão proferiu um latido ensurdecedor e arreganhou os dentes, afiados como os chifres de um touro e salpicados de saliva, que gotejava no chão formando charcos fundos e viscosos.

A única coisa que o impedia de se lançar sobre os dois e devorá-los como coxinhas de frango era a corrente que o prendia à porta.

— Devíamos ter trazido um guarda-chuva — brincou Thor, para tentar deixar o ambiente mais leve.

— Não chegue mais perto — disse Freyja, estendendo um braço à frente do amigo. — Pode ser perigoso.

— Fique tranquila — rebateu o jovem deus do trovão, muito seguro de si. — Você mesma disse: ele está acorrentado. Não pode fazer nada conosco.

Apesar da advertência de Freyja, Thor continuou avançando até ficar temerariamente perto do cão guardião.

— Está vendo? — acrescentou. — Não há o que temer.

Garm, apesar de seu parco conhecimento da linguagem corporal dos deuses, entendeu perfeitamente que Thor estava zombando dele.

— ROOOOAAAR! — rugiu com força para mostrar que estava bem zangado, mas sem conseguir alcançá-lo.

— Deixe-o em paz, Thor. Ele está ficando bravo — insistiu Freyja.

— Espere, espere, veja só como eu o imito — replicou seu amigo, criando coragem. Depois acrescentou com uma voz fininha: — "Sou um cachorro muito mau e me chamo Garm. Tenho tantas pulgas, que pareço uma pousada com patas"...

Mas, antes que pudesse continuar zombando, ouviu-se um inquietante estalo metálico.

— Será que isso foi o que eu acho que foi? — perguntou Thor, interrompendo a careta que vinha fazendo, puxando os cantos da boca e mostrando a língua.

— Acho que sim — respondeu Freyja, que tinha ficado pálida. — Foi o ruído da corrente se rompendo!

Infelizmente, a entrada da caverna estava bloqueada por uma pedra gigantesca que impedia a saída dos dois jovens. Eles viraram-se e contemplaram com espanto o cão Garm aproximando-se lentamente deles, fazendo retumbar o chão da gruta a cada passo.

— Se não fosse pela cara de mau que ele tem – disse Freyja –, eu juraria que ele está sorrindo.

— Sorrir, não sei – disse Thor com voz aflita –, mas já lambeu os beiços um par de vezes.

Garm pulou para cima dos dois, tomando impulso com suas poderosas patas. Não fosse a agilidade felina de Freyja e a rapidez com que empurrou Thor e o afastou da trajetória de Garm, os dois teriam virado ração de cachorro.

Em outras circunstâncias, Thor teria usado o martelo, mas o medo que o mundo dos mortos lhe provocava bloqueava seu poder.

Quando o guardião do inframundo atacou pela segunda vez, foi Thor quem salvou a amiga de uma mordida certa, puxando-a pelo braço até abrigá-la atrás de uma rocha.

Ao errar o salto, Garm deu de cara com uma das paredes da caverna e ficou zonzo por alguns segundos.

— O que a gente faz agora? — perguntou Freyja, aproveitando aqueles segundos de trégua.

— Dizem que a música amansa as feras, não? — respondeu Thor. — Poderíamos experimentar cantar para ele o hino de Asgard.

— Quem inventou essa frase nunca ouviu você cantar — replicou a amiga. — Se você cantar como daquela vez na festa de aniversário de Loki, esse bicho vai devorá-lo e não vão sobrar nem as suas tripas.

PARABÉNS PRA VOCÊÊÊÊÊ!

O tal "bicho", como Freyja se referiu a ele, sacudiu a cabeça para voltar a si. Então, avançou em direção às suas presas ameaçadoramente. Um pouco mais devagar para não repetir o mesmo erro.

— TEC-TEC-TEC-TEC-TEC — batiam os dentes dos dois jovens deuses, que haviam ficado paralisados de medo.

De repente, Garm soltou um uivo e recuou. Depois começou a lamber a pata esquerda, como se tivesse se machucado. Uma pequena coluna de fumaça brotava de sua pata.

— Você viu isso? — exclamou Thor. — Ele se machucou com alguma coisa!

— Sim — respondeu Freyja. — É a luz lá de fora!

Sobre o ponto que Garm havia pisado antes de recuar uivando, projetava-se um pequeno facho de luz. O raio provinha de um pequeno orifício na parede da caverna.

— Esse é o ponto fraco dele! — acrescentou Freyja. — Temos que aproveitá-lo.

— Eu poderia tentar cegá-lo com a minha beleza! — exclamou Thor, e falava sério.

— Eu tenho algo melhor — rebateu a amiga.

Freyja enfiou a mão por baixo da roupa para pegar seu pingente mágico, mas...

— Não está mais comigo! — exclamou, horrorizada.

— Como assim não está? — disse Thor. — Você não tira isso nem para tomar banho!

— Deixei no alforje do Sleipnir! — lamentou-se Freyja. — Guardei-o uma hora, porque aquele cavalo chato ficava o tempo todo querendo lambê-lo.

— E o que a gente faz agora?! — exclamou Thor, levantando os braços.

— Sei lá! Rezamos para que os deuses deem um jeito nisso! — replicou Freyja.

Garm, que já se recuperara da queimadura na pata, foi para cima deles e os dois jovens deuses desataram a correr.

"Pense, pense", dizia Thor a si mesmo para tentar achar uma solução que não implicasse terminar dentro da goela daquele cão demoníaco.

Nunca haviam enfrentado um inimigo tão sanguinário.

Ficou tentando imaginar o que Loki teria feito para vencê-lo. Com certeza, tinha sido uma batalha acirrada.

Então compreendeu que a parede onde estava o orifício era a mesma contra a qual Garm havia batido a cabeça ao avançar sobre eles. O cão tinha a cabeça tão dura que conseguira rachar a pedra. E se...?

— Freyja! — exclamou Thor. — Venha cá um momento. Tenho um plano!

Quando Thor sussurrou o plano em seu ouvido, Freyja achou que ele havia enlouquecido. Mas compreendeu que era a única opção que tinham.

Os dois plantaram-se diante da parede que tinha o orifício e começaram a dar pulos e a agitar os braços, para chamar a atenção de Garm.

— Ei, cachorro bobo! — gritou Freyja. — Estamos aqui!

Garm virou-se na direção deles, rosnou e começou a avançar. Thor e Freyja continuaram onde estavam, tentando manter o sangue-frio e a bexiga controlada. Então, quando o cachorro pulou em cima deles, os dois saltaram para desviar ao mesmo tempo.

Garm chocou-se forte contra a parede. O impacto ampliou o orifício e abriu uma série de rachaduras que foram se estendendo mais e mais, formando novas aberturas.

Uma luz intensa entrou na mesma hora pelas brechas. Não que lá fora fizesse um sol radiante, longe disso, mas, em comparação com a escuridão do interior da caverna, o contraste foi brutal. A decoração da caverna revelou-se diante dos olhos dos dois.

Os raios de luz bateram em cheio em Garm, que se encolheu uivando de dor. Começou a cheirar como leitãozinho chamuscado, como naquela vez em que Loki queimou os pelinhos do braço ao acender uma fogueira.

Garm lançou um último uivo e fugiu correndo para as escuras profundezas da caverna.

— Viva! — exclamou Thor.

— Hurra! — acrescentou Freyja. — Até que enfim você usou o cérebro para algo além de acompanhar a trajetória das moscas.

Finalmente, o caminho para as portas de Hel estava livre. Superado o perigo, Thor e Freyja foram correndo até lá, entre brincadeiras e risadas, para descarregar a tensão acumulada.

E aliviar a tensão era o que, de fato, precisavam fazer, a julgar pelo que os aguardava do outro lado...

CAPÍTULO 8
A PRAIA DOS DEFUNTOS

As portas de Hel eram enormes e rangiam. Eram feitas de madeira, revestidas com ossos e com caveiras de dentes afiados. Quando Thor e Freyja as atravessaram, a escassa luz que havia na caverna desapareceu de vez.

O lugar estava envolto numa neblina que pairava a meia altura e mal dava para ver um palmo à frente do nariz.

A temperatura estabilizou-se – fresca, como nas adegas do palácio de Asgard – e, no ambiente, ressoavam os murmúrios e lamentos das almas que ali habitavam. Dava mais calafrios que uma taberna de duendes.

— Que lugar mais encantador... — murmurou Freyja.

— Pois espere até conhecer seus habitantes — rebateu Thor. — Ouvi dizer que é para cá que vêm as almas daqueles que se comportaram muito mal em vida. Por exemplo, aqueles que grudam meleca debaixo das mesas ou trapaceiam nas cartas.

— Bem, Loki faz tudo isso — disse Freyja. — E também enfia o dedo no sovaco e faz você cheirar.

— É — admitiu Thor. — Afinal, vai ver que Hel era mesmo o lugar dele...

Avançaram tateando entre a neblina, atentos a qualquer presença inesperada. Até aquele momento, Hel estava completamente vazio, como se ninguém tivesse se comportado mal nos últimos séculos. Passado um tempo, Freyja parou e aguçou a audição.

— Está ouvindo isso? — perguntou a Thor.

— Estou — respondeu o amigo. — É uma espécie de sussurro, como a gente falando quando Odin manda todos ficarem em silêncio na aula.

— Parece mais barulho de água — corrigiu-o Freyja. — Como se alguém estivesse há muito tempo segurando a vontade...

Chegaram, então, até uma enorme câmara com chão de areia e pedra. No fundo, havia uma vasta extensão de águas escuras, que batia na altura dos joelhos. O teto era coberto por um emaranhado de galhos e caules entrelaçados, que pareciam serpentes. Suas folhas se mexiam, assim como a água, apesar de não haver nenhuma brisa.

Na entrada do lugar, um letreiro anunciava onde estavam:

BEM-VINDOS A NÁSTRAND
A PRAIA DOS CADÁVERES

Ao lado, num papel, alguém escrevera à mão:

"Por favor, lembrem-se de que isso não é uma praia de nudismo. Tragam roupa de banho!"

— Isso me deixa mais tranquila — disse Freyja, apontando para a mensagem.

Os dois amigos adentraram aquele lugar sinistro, de uma beleza inquietante.

Thor chegou perto da água e mergulhou um dedo para, em seguida, tirá-lo correndo.

— SOCOOOOOOORRO! — exclamou.

— O que foi? — perguntou Freyja, com o coração apertado.

QUANDO ESTÁ MUITO QUENTE, EU NÃO ENTRO.

— Nós não viemos aqui para entrar na água, seu tonto – replicou Freyja. Ela levara um belo susto.

Continuaram andando até que toparam com um vulto na areia.

Aproximaram-se devagar para verificar do que se tratava. Então, de repente, zás! Emergiu uma mão do chão.

Os dedos se moveram no ar. Thor ficou tentado a lhe dar um pisão.

— Incrível: uma mão viva. Você acha que é algum bicho nativo da praia de Nástrand? Onde será que fica a boca dele? Nas unhas?!

— Não é uma mão viva — deduziu Freyja. — Espere e verá!

Dito e feito, o resto do corpo saiu da areia. Tratava-se de um dos mortos que viviam ali.

Tinha os olhos saltados e o olhar perdido. Ficava com a boca entreaberta e babava. A pele estava coberta de erupções e faltava-lhe um pedaço da orelha e uma sobrancelha.

— Nossa! Que horror! — gritou Freyja, dando um pulo tremendo.

— Há mais de um! — exclamou Thor, apontando para várias direções.

De fato, ao redor deles começaram a emergir mortos da areia. Foi como quando você vai à praia e o céu fica nublado de repente, e então todas as pessoas que estavam tomando sol se levantam ao mesmo tempo, para ir beber alguma coisa.

Porém, bronzear-se era uma atividade impossível em Hel e, por isso, todos os mortos estavam mais pálidos que o traseiro de Odin.

Os mortos, que somavam várias dezenas, começaram a se aproximar de Thor e de Freyja com os braços estendidos. Abriram muito os olhos e a boca, emitiram gemidos de lamento e começaram a murmurar:

— Céééérebros, comeeer céééérebros...

— O meu, não, o meu, não! — suplicou Thor.

> DE QUALQUER MODO, VOCÊ NÃO IRIA APROVEITAR MUITA COISA.

Os mortos formaram um círculo em volta deles e continuaram se aproximando. Avançavam cambaleando e uivando cada vez mais.

— Estamos perdidos, Thor — lamentou-se Freyja. — Foi uma honra combater ao seu lado... e às vezes também uma chatice.

— Eu digo o mesmo, companheira — rebateu o deus do trovão.

Abraçaram-se e se prepararam para o pior. Os mortos tinham pegado os dois desprevenidos, eram muitos para que fosse possível afastá-los. Já quase sentiam o cheiro de seu hálito fétido.

Então, de repente, ouviu-se uma sonora gargalhada.

— Há, há, há, há! CAÍRAM DIREITINHO!

E logo os mortos todos desataram a rir. Thor e Freyja entreolharam-se, sem entender.

Do meio daquele emaranhado de mortos, emergiu uma figura alta e musculosa, vestida com uma roupa própria dos deuses de Asgard. Era ele que havia falado e desencadeara o ataque de riso de seus companheiros.

— Há, há! Que cara vocês fizeram! — acrescentou, secando as lágrimas de tanto rir.

— Como assim?! — explodiu Freyja. — Quer dizer que tudo isso era uma... brincadeira?

— Uma brincadeirinha de boas-vindas — desculpou-se o desconhecido. — Não me olhem desse jeito, fazemos isso com todos que passam por aqui.

— Quase morri de susto! — protestou Thor, gesticulando muito.

— Bem, não podiam ter escolhido lugar melhor para morrer — rebateu seu interlocutor.

Aquele cara tinha uma barba comprida e densa, usava um capacete com duas penas e uma capa puída que ondulava às suas costas, apesar da ausência de vento.

Mas o mais esquisito de tudo era que não tinha pinta de estar morto. Pelo menos, era o único que os vermes não estavam comendo.

Quanto mais Freyja olhava para ele, mais convencida ficava de já o conhecer de algum lugar...

— Já sei! — exclamou, estalando os dedos. — Você é Hermódr, não é? O mensageiro dos deuses.

— Maravilha, fico feliz de ver que minha fama me precede — disse Hermódr, sorrindo e estufando o peito. — De fato, sou o mensageiro mais veloz de Yggdrasill.

— Também me lembro de você – disse Thor. – Meu pai diz que você é um folgado, que dizia que a pessoa não estava em casa e então se poupava do trabalho de fazer as entregas

ERA PARA TER SAÍDO DO PALÁCIO HÁ TRÊS SÉCULOS!

— O que foi que você disse?! – bradou Hermódr.

— Dê uma olhada, Thor, eles são muitos. Não acho uma boa ideia irritá-lo – sussurrou Freyja.

Felizmente, a raiva de Hermódr durou pouco. Na realidade, ele era um dos deuses de Asgard, o mensageiro oficial do reino. Viera a Hel há vários anos para entregar uma mensagem dirigida a Hela, a rainha do inframundo.

— O caso é que eu já andava um pouco cansado de passar o dia inteiro correndo de lá para cá, então decidi ficar aqui de vez — explicou Hermódr. — Enfim, o que os traz a essa praia? Porque com certeza vocês não vieram para cá em lua de mel, não é?

— NÃO! — exclamaram os dois em uníssono.

A ideia de serem um casal era mais repugnante do que tomar um copo de vinagre.

— Viemos procurar nosso amigo Loki — explicou Thor. — Por acaso, ele passou por aqui?

— É mais ou menos dessa altura — disse Freyja. — E tem cara de quem sempre está tramando alguma coisa.

— Ah, sim, já sei de quem vocês estão falando — disse Hermódr.

Os mortos voltaram a gargalhar de novo. "Pelo menos enquanto se divertem não pensam em nos comer", ponderou Freyja.

— E o que foi feito dele? — perguntou Thor. — Você sabe se ele anda aqui por perto ainda?

Hermódr explicou-lhes como havia sido seu encontro com Loki. O deus baderneiro, depois de se recuperar do susto que lhe deram, contou que viera procurando a mãe.

— Eu disse a ele que não conhecíamos nenhuma Laufey — prosseguiu Hermódr. — Afinal, a praia dos mortos é apenas uma das muitas câmaras que compõem Hel.

Havia também o rio dos mortos, a lagoa dos mortos e o charco dos mortos.

E aquele lugar ali não era o mais popular do mundo.

JÁ ESTÁ CHEIO!

Apesar da decepção, Loki decidiu fazer uma parada para recuperar as forças e ficou alguns dias ali, com eles. Durante esse tempo, fizeram tudo o que se costuma fazer numa praia, mesmo numa tão sinistra como aquela.

Organizaram churrasquinhos à beira-mar, só que trocaram os bifes por espetinhos de rato. Jogaram vôlei de praia, até que um morto furou a bola com suas unhas grandes e sujas.

Ficaram brincando de jogar água uns nos outros, e Loki se divertiu enfiando areia dentro das roupas de banho alheias.

– Típico de Loki – disse Freyja. – Não consegue parar de aprontar nem no inferno.

Hermódr entrou na reta final de seu relato:

– Um dia, quando fomos dormir depois de um jantar exuberante... – pelo visto, andavam sempre mortos de fome... literalmente –, despertamos tarde e descobrimos que o amigo de vocês havia desaparecido.

— Como assim? — exclamou Thor. — E quando foi isso?

— Deve fazer uma semana, mais ou menos. Aqui é difícil calcular o tempo...

— E vocês não foram procurá-lo? — perguntou Freyja.

— A princípio pensamos em fazer isso, mas depois nos lembramos de que Loki viera procurar a mãe. Ele devia saber o que estava fazendo. Além disso — acrescentou Hermódr, com um sorrisinho —, alguém começou a dançar uma conga... então nem nos lembramos mais do assunto.

Ninguém consegue resistir a uma conga. Nem no inframundo.

"E dá para confiar em gente assim?", pensou Freyja, dando uma palmada na testa.

Como parecia que não iam conseguir mais nada de Hermódr e de sua alegre gangue, Thor e Freyja agradeceram a informação e retomaram a marcha.

— Ei! — chamou-os Hermódr de longe. — Vocês não querem provar um espetinho de rato antes de ir? Estão gostosos de morrer!

— Não, obrigado pela gentileza! — responderam os dois amigos em uníssono, acelerando o passo.

Thor e Freyja vasculharam a praia procurando por possíveis pistas do paradeiro de Loki. Até aquele momento, Thor havia encontrado apenas restos de embalagens de comida, algumas moedas e um maiô velho e rasgado. Sempre há gente porca nas praias, não importa em qual dos nove mundos você esteja. No entanto, parecia que Freyja encontrara algo interessante.

— Thor! Venha ver! — chamou Freyja.

Thor foi correndo até onde estava a amiga. Ela examinava alguma coisa no chão. Quando chegou junto dela, viu que se tratava de um pedaço de tecido rasgado.

É UMA COLA ANTIGA DE LOKI, SEM DÚVIDA.

— Que bom, isso quer dizer que ele passou por aqui — disse Thor. — Talvez não esteja longe!

— Infelizmente, há mais uma coisa — disse Freyja em tom sombrio, apontando para o chão.

Era o rastro de pegadas. Afastavam-se da praia e adentravam os terrenos do inframundo.

E, a julgar por sua forma e tamanho, pareciam pertencer a um animal selvagem.

— Será que ele devorou Loki? — sussurrou Freyja, estremecendo.

CAPÍTULO 9
O FILHO PERFEITO

Thor e Freyja seguiram as pegadas daquele animal selvagem, na esperança de que os levasse até Loki. E na esperança também de encontrar o amigo ainda inteiro, e não reduzido a um punhado de ossos meio digeridos.

OS OSSOS DE LOKI!

NÃO, FÃO OF OFFOF DEFFE FRANGUINHO.

— Nunca pensei que fosse afirmar isso um dia — disse Thor —, mas estou com saudade do Loki.

— Eu também — concordou Freyja. — Suas piadas iam nos ajudar a levantar o astral nesse lugar.

— Mas isso a gente não vai dizer para ele, certo?

— Claro que não — acrescentou Freyja, rindo.

As pegadas estendiam-se por uma série de salões de Hel, cada um mais sinistro e sombrio que o anterior.

Havia aposentos envoltos em neblina, com silhuetas de mortos aos montes e sem rumo definido.

Pareciam os gemidos de alguém que estivesse com dor nos joanetes.

Quase todos os salões tinham as paredes cobertas por ossos e caveiras, então era impossível decorá-los com algo que fosse bonito.

No geral, o inframundo era mais deprimente que uma segunda-feira.

Além disso, de vez em quando, também se ouvia ao fundo aquele lamento sinistro que vinha acompanhando-os a viagem inteira.

— AAAAAAAAAUUUUUUU...

— Se você fizer de conta que é música ambiente, até consegue se esquecer dele — disse Freyja.

Pelo menos, os mortos haviam deixado os dois tranquilos e eles puderam seguir as pegadas sem complicações. Depois de andar muito, o rastro terminava diante de uma fileira de cabanas de madeira, com um letreiro na entrada que dizia Vila Defunta.

Excetuando as diferenças, por exemplo, o fato de ser uma paisagem subterrânea composta de rochas escuras e pontudas, aquele lugar era parecido com qualquer conjunto residencial de Asgard ou mesmo de Midgard.

Cada cabana tinha um pequeno pátio cheio de seixos (bem, ossos) e, nas áreas comuns, havia um pátio de jogos e algumas cordas para estender roupa.

Foi nelas, exatamente, que os dois jovens deuses avistaram algo conhecido:

— Olhe! — exclamou Freyja. — São as cuecas de coraçõezinhos do Loki.

— É mesmo! — acrescentou Thor. — Ele deve estar por perto!

— Com certeza — disse Freyja. — Não acho que alguém teria a ideia de roubar as cuecas dele...

Loki se gabava de que nunca as lavava.

Aproximaram-se das cabanas correndo. Estavam tão animados que começaram a chamar Loki aos gritos, esquecendo as precauções que precisavam tomar num lugar como aquele, desconhecido e potencialmente perigoso.

De repente, apareceu diante deles um lobo gigantesco!

— Grrrrrrrrrr! Grrrrrrrrrr! — começou a grunhir, arreganhando os dentes.

Thor e Freyja pararam bruscamente, como uma carruagem em disparada.

Depois recuaram alguns passos, erguendo os braços em sinal de paz.

— Calma, cãozinho, calma — disse Thor. Depois do encontro com Garm, não queriam voltar a encarar quadrúpedes peludos e agressivos.

O lobo avançou até eles, encarando-os com seus olhos amarelados. Thor e Freyja estavam invadindo seu território, então pretendia fazê-los pagar por isso. Tomou impulso, preparou-se para pular e...

– Lobo mau! Lobo mau! – disse alguém.

NADA DE COMER OS CONVIDADOS!

– Loki?! – exclamou Thor.

Sim, era o próprio Loki, que acabara de sair de uma das cabanas, quem chamava o lobo. Estava mais pálido que o habitual, mas com a cara boa, e até poderíamos dizer que tinha engordado um pouco. O lobo obedeceu e se deitou na frente dele.

– Bom menino – disse Loki, acariciando-lhe a cabeça. Depois olhou para seus amigos e fez sinal para que se aproximassem. – Que alegria ver vocês por aqui!

— Como assim que alegria? — exclamou Freyja. — Você foi embora e deixou apenas um bilhete!

— Isso mesmo! — acrescentou Thor. — E você não sabe os perigos que tivemos que enfrenar para conseguir chegar até aqui.

Os dois amigos ficaram de braços cruzados, esperando que Loki lhes desse uma explicação.

Mas Loki, como sempre, nem deu bola e continuou fazendo sinais para os amigos, sem parar de sorrir.

EU SÓ ABANDONEI VOCÊS, *FUGI* E ME *MUDEI* PARA O INFRAMUNDO, NÃO SEJAM RANCOROSOS...

— Vamos, cheguem mais, não fiquem com medo. Vou mostrar minha casa. Vocês vão adorar!

Thor e Freyja se aproximaram, com cara de quem não está entendendo nada. Que raios Loki estaria fazendo ali? E por que estava tão risonho? Por acaso teria se esquecido de que estava morando no... inferno?

– Bem-vindos ao meu novo lar – anunciou Loki abrindo os braços, quando atravessaram a porta da cabana.

Dentro, tudo parecia feito de crochê: as cortinas, as capas das almofadas, os caminhos de mesa... Os móveis eram antiquados e maciços, mas pouco práticos, e havia um monte de jarros espalhados pelo aposento. Estavam repletos de flores mortas e murchas. No ambiente, pairava um cheiro forte de naftalina.

– Parece... – hesitou Thor –, parece um lugar muito acolhedor.

Mas, na verdade, estivera a ponto de dizer: "Parece a casa da minha avó".

– O que vocês acham? Eu já não conseguiria mais viver em outro lugar – respondeu Loki com um sorriso forçado.

O lobo soltou um latido para reafirmar suas palavras.

– Ah, que coisa, me esqueci de apresentá-los. Que cabeça a minha! – acrescentou Loki, dando uma palmada na testa.

– Ele me trouxe até aqui. Nós nos conhecemos na praia dos mortos. Não sei se vocês passaram por lá...

— Sim, já ouvimos falar — respondeu Freyja.

— Bem, aceitam um chá e um pedaço de quindim? — acrescentou Loki. — Estava justamente preparando alguns quitutes quando ouvi vocês chegarem.

— Quindim? Quitutes? — perguntou Thor, estranhando a linguagem do amigo.

Eles nem sabiam que Loki gostava de quindim, só do dindim que conseguia com seus truques.

— Isso mesmo, faço para espairecer, depois de terminar meus trabalhos de costura — acrescentou Loki.

— Costura?! — exclamou Freyja.

— É meu novo passatempo — explicou Loki. — Vocês viram que avental mais bonito eu confeccionei outro dia?

Loki mostrou-lhes o avental com orgulho. Tinha até um "L" bordado.

— Ai ai! — suspirou Loki. — No começo, foi muito difícil seguir os moldes. Mas depois foi molezinha!

— Molezinha?! — exclamaram Thor e Freyja, cada vez mais perplexos. Por isso e porque o avental não era a única coisa que seu amigo havia confeccionado.

— Mas sentem-se, sentem-se — convidou Loki, apontando para um par de poltronas. — Já volto. Vou preparar um lanche.

Os dois amigos sentaram-se, mudos de assombro.

Quando Loki saiu da sala, Freyja foi logo cochichar com Thor:

— O que está acontecendo com Loki? Ele não é mais o mesmo!

— Verdade! Ele está falando de um jeito estranho e gosta de fazer crochê!

— Isso não me cheira bem, Thor — disse Freyja, nervosa. — Talvez ele tenha sido enfeitiçado.

— Vai ver que esta casa pertence a uma bruxa malvada – arriscou Thor. – Ou, pior, a...

...MINHA MÃE!

— O quê? Como? – perguntaram Thor e Freyja em uníssono. Não tinham ouvido a primeira parte da frase de seu amigo.

Loki estava de novo junto à porta, segurando uma bandeja cheia de chá fumegante e biscoitos. Sorria de orelha a orelha, como se alguém puxasse os cantos da sua boca com pinças. A imagem era inquietante.

— Eu disse que quero apresentar vocês à minha mãe. Ela se chama Laufey.

Loki afastou-se para o lado para deixar passar uma giganta enorme e corpulenta, com uma cabeleira longa e cacheada e um avental que combinava com o de Loki, e que também tinha um "L" bordado.

— Mamãe, esses são meus amigos, Thor e Freyja!

A giganta, que exalava um fedorzinho (afinal, estavam no inframundo), ficou sorrindo com seu rosto gordinho todo iluminado.

AH, QUE LINDOS SÃO SEUS AMIGUINHOS.

— Mas você deveria ter me avisado que teríamos visitas, meu pequenino — acrescentou Laufey, remexendo o cabelo de Loki num gesto carinhoso.

— Ai, mamãe, não despenteie meu cabelo. Depois dá o maior trabalho ajeitar as mechas rebeldes.

— Tem razão, meu fofinho, mas um beijinho não vai fazer mal, não é? – acrescentou a giganta, e lascou-lhe um sonoro beijo na testa.

A essa altura, Thor e Freyja já estavam com o queixo batendo no chão de tanto espanto.

— Bem, vou deixar vocês um instantezinho a sós enquanto lavo a louça, certo, docinho de coco? – disse Laufey. – Não deixe faltar nada aos nossos convidados.

— Claro, mamãe – respondeu Loki.

A giganta saiu assobiando alegremente e começou a lavar a louça na cozinha. Loki sentou-se num sofá, diante das duas poltronas onde estavam seus amigos atônitos.

— Fico feliz por você ter encontrado um lar tão acolhedor — disse Freyja, que não sabia muito bem como puxar assunto.

— Nunca imaginei que você fosse se sentir tão feliz aqui — acrescentou Thor. — Talvez tenha sido um erro virmos aqui resgatá-lo…

Loki fez um gesto para que se calassem. Quando teve certeza de que Laufey não iria ouvi-lo, chegou mais perto dos dois e sussurrou:

CAPÍTULO 10
DOR NAS TRIPAS

Loki esperou a mãe se distrair para contar a seus amigos como haviam sido suas peripécias até terminar ali.

— Na última noite que passei na praia, não consegui pregar o olho — explicou aos amigos. — Fiquei pensando em Asgard e no que havia deixado para trás.

Desde que Loki descobrira a verdade sobre seus pais, sentia-se muito triste. Por isso tinha ido atrás de sua mãe. No entanto, no fundo, continuava pensando que seu lugar era entre os deuses de Asgard. Mesmo que fosse só para tornar-lhes a vida impossível...

— Um dia, Hermódr e os outros estavam dormindo profundamente depois de uma festança — prosseguiu Loki. — E ouvi um uivo melancólico.

Quando se aproximou para ver do que se tratava, encontrou Fenrir. Ele tinha um machucado na pata que o impedia de andar. Loki preparou um unguento à base de barro e algas para aliviar a dor e o colocou com uma atadura na ferida.

— Aprendi a fazer isso num curso de primeiros socorros por correspondência – disse. Ao ver a cara que seus amigos fizeram, acrescentou: — O que foi? Eu também tenho meus hobbies.

Então Fenrir pegou-o pelo cangote, como se fosse um filhotinho, e o levou para a casa dele, onde morava com Laufey.

— Minha teoria é que ele me reconheceu pelo cheiro e, por isso, me trouxe até aqui — explicou Loki.

Não tomar banho tinha suas consequências.

O deus das travessuras passou, então, a contar como havia sido sua experiência de viver com a mãe. O reencontro inicial havia sido muito emotivo. Muitos beijinhos, abraços e afagos; tantos, que Loki até ficava sem graça de contar.

Mas depois dessa felicidade inicial, foi tudo ladeira abaixo.

— Minha mãe é mais mandona que cem Odins juntos — explicou Loki. — Não me deixa comer doces, me obriga a varrer e a limpar a casa, às oito em ponto tenho que estar deitado... Não aguento mais isso!

Loki, até então, imaginava que as tarefas domésticas se realizavam sozinhas. Afinal, estava sempre dormindo quando limpavam seu quarto.

— E por que você não volta a Asgard e pronto? — perguntou Freyja, sempre muito pragmática.

— Não é tão simples — replicou Loki, visivelmente desesperado. — Já tentei várias vezes. Mas, toda vez que tento sair de casa sem pedir autorização, minha mãe aparece de repente e me dá alguma tarefa, como regar as plantas ou limpar as lâmpadas do teto. Você já viram a altura em que elas ficam na casa de uma giganta?

— Mas e se a gente explicar que você quer voltar conosco... — arriscou Thor.

— Esqueça, minha mãe não vai dar o braço a torcer — disse Loki, chateado. — Na verdade, acho que ela até gostou de vocês... Ou seja, vocês também viraram prisioneiros dela!

— O quê?! — exclamou Freyja.

Antes que Loki pudesse dar mais explicações, Laufey irrompeu de repente na sala.

— Hã... o quê? Nada, não, nós... — hesitou Thor.

— Eu estava contando para eles que você, mamãe, faz uns rolinhos de canela deliciosos — apressou-se a dizer Loki, improvisando.

— Ah, sim — disse Laufey, sorrindo. — Se quiserem, posso preparar para a sobremesa do jantar. Garanto que se vocês provarem um desses rolinhos...

E então ela saiu de novo da sala e voltou para a cozinha, para preparar os rolinhos.

— Vocês ouviram — sussurrou Loki. — Precisamos ir embora daqui já!

— Mas como? — perguntou Thor. — Você mesmo disse que é impossível.

— É impossível se você estiver sozinho — rebateu Loki. — Mas, calma, esses dias de faxina e costura não foram em vão. Vou bolar um plano...

— Já teve alguma ideia? — perguntou Thor.
Loki riu de nervoso.
— Ops. Tinha esquecido. Só mais um tempinho.

Thor, Freyja e Loki estavam sentados à mesa, cada um com um rolinho de canela gigantesco no prato.

Era hora da sobremesa, depois de um jantar tenso, durante o qual responderam às perguntas de Laufey apenas com monossílabos.

Thor estava com um aperto tão grande no estômago por causa do nervosismo que mal conseguiu comer dois faisões guisados e três perus recheados. Por sua vez, tanto Loki quanto Freyja deixaram seus pratos intactos, para espanto da maternal Laufey.

— Vocês precisam comer mais, afinal, estão em fase de crescimento! – repreendeu-os.

E ficou fazendo aviõezinhos com a comida. Nunca tinham passado tanta vergonha.

Em seguida, Laufey foi para a cozinha, ocupada com seus afazeres domésticos, mas não demoraria a voltar. Era hora de colocar em ação o plano orquestrado por Loki.

Quando Laufey voltou, Thor começou a atuar:

— Aiii! Aiii! Aiii! Minha barriga está doendo! — queixava-se, segurando a barriga.

A primeira fase do plano consistia em Thor fingir uma indigestão. Uma desculpa bastante plausível, considerando que comia como uma baleia jubarte.

Depois foi a vez de Loki entrar em cena:

— Mamãe, vou buscar um sal de frutas! — disse, e saiu correndo da sala. Mas, na verdade, tinha ido arrumar suas coisas, preparando uma trouxa para amarrar no lombo de Fenrir. Freyja, por sua vez, tinha outra missão: usar seus dotes de persuasão para conseguir tirar Laufey da casa.

— Talvez fosse bom você ir buscar um médico — disse à preocupada giganta, que olhava para o queixoso Thor com aflição e ternura. — Se ele está se contorcendo desse jeito, é porque deve ser grave.

Thor era péssimo como ator, mas fez o suficiente para convencer Laufey. Em seguida, ficou parado olhando para o vazio.

— Esperem! O que é isso? Estou vendo uma luz...

— Não vá na direção dela! — exclamou Laufey, preocupadíssima. Não sabia muito a respeito de para onde iam os que morriam no inframundo, e tampouco estava a fim de descobrir. — Aguente firme, meu pequenino! Vou salvá-lo!

Dito isso, Laufey agarrou Thor pelo braço e o tirou da sala.

— Ei! Espere, aonde você vai? — chamou Freyja, desconcertada.

A voz de Laufey ressoou da lavanderia, onde tinha uma maca já preparada.

— Durante a guerra, precisei atender muitos feridos e doentes — explicou a giganta. — Não se preocupem, sei o que estou fazendo. Ele só precisa de umas massagens na barriga e...

— Como?! — exclamou Freyja, desatando a correr, seguindo o eco da voz de Laufey.

No entanto, quando chegou perto da lavanderia, a porta se fechou na sua cara.

— Melhor você não entrar, minha lindinha! — disse Laufey. — Thor precisa de tranquilidade.

— Que tranquilidade que nada! Você está esmagando minhas tripas! — exclamou Thor com uma voz aflita. — Freyja, me ajude! Ela untou as mãos com uma pomada grudenta! Agora, sim, está doendo de verdade!

Não havia tempo a perder. Freyja precisava entrar e resgatar o amigo antes que a entusiasmada Laufey arrebentasse o estômago dele. Mas como? Acertou um chute mitológico na porta, mas a única coisa que conseguiu foi uma luxação.

Nesse momento, surgiu Loki.

— O que vocês estão fazendo? — sussurrou. — Já peguei tudo.

— Sua mãe se trancou aí dentro com o Thor — disse Freyja, agitando os braços. — Ela está massageando a barriga dele!

— Xi, isso não é nada agradável — rebateu Loki. — Sei por experiência própria!

— Pare de falar e me ajude a abrir a porta.

Os dois recuaram, tomaram impulso e pularam contra a porta. Viram estrelas, sim, mas conseguiram abri-la.

— Não machuque o pobre Thor!

— Que machucar o quê! Acabei de curá-lo!

O deus do trovão não concordava com isso. A giganta tinha o toque delicado de um elefante furioso.

Loki fez um sinal a Freyja, que foi correndo levantar Thor da maca onde estava prostrado para tirá-lo dali. Assim que os dois saíram, Loki disse a Laufey:

— Mamãe, foram tantas emoções, que ficamos exaustos. Você prepararia nossas camas?

— Claro, tesourinho — disse Laufey. — Vou afofar bastante os travesseiros!

A giganta saiu. Loki aguardou alguns segundos e também deu o fora dali. Mas, como não era mal-agradecido, antes de ir, deixou um bilhete a Laufey:

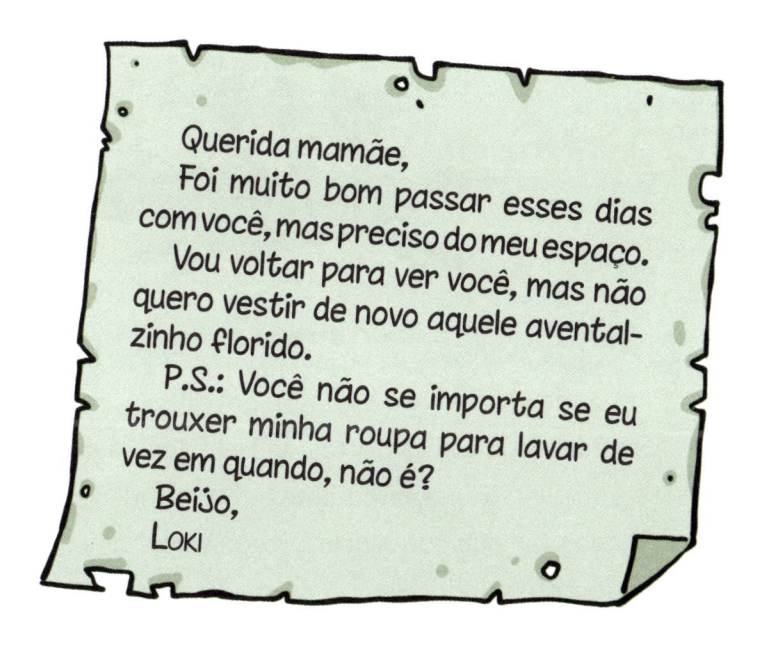

Querida mamãe,
Foi muito bom passar esses dias com você, mas preciso do meu espaço.
Vou voltar para ver você, mas não quero vestir de novo aquele aventalzinho florido.
P.S.: Você não se importa se eu trouxer minha roupa para lavar de vez em quando, não é?
Beijo,
LOKI

Thor e Freyja já estava perto da porta dos fundos da casa. Loki chegou correndo a mil por hora com sua trouxa, acompanhado pelo lobo Fenrir.

— Você está pensando em levá-lo junto? — perguntou Thor.

— Claro — retrucou Loki. — Eu me apeguei a ele.

Puseram-se a caminho antes que Laufey percebesse a fuga.

— Para onde vamos? — perguntou Freyja.

— Não adianta ir até as portas de Hel. Não dá para abri-las por dentro — rebateu Loki. — Para poder sair daqui, vamos ter que convencer ninguém menos que a rainha do inframundo: Hela.

CAPÍTULO II
O REINO TENEBROSO

O palácio de Hela era o cúmulo da desgraça, o último lugar que alguém gostaria de visitar nas férias.

Uma neblina perpétua envolvia o palácio de pedras pretas. Suas altíssimas colunas tinham o topo pontiagudo como as garras de um animal selvagem. Os muros eram sólidos e intransponíveis, e o portão da entrada era imenso, para poder dar acesso a todas as almas que passavam por ali.

Na verdade, o tamanho não fazia diferença. Os mortos podiam passar por onde quisessem.

Ao redor do palácio estendia-se um fosso de águas escuras e malcheirosas, como a latrina de um duende. Os três amigos atravessaram a entrada sem problemas, nenhum guarda apareceu para detê-los.

— Será que estão na hora do almoço? — perguntou Thor, estranhando.

— Não, é que entrar no palácio da morte é moleza — rebateu Loki. — O difícil aqui é sair.

Engoliram em seco enquanto continuavam atravessando o pátio interno do palácio. Passaram junto aos estábulos, onde divisaram Helhest, o sinistro corcel de três patas com o qual a rainha do inframundo saía a ceifar almas. Era muito peludo e, de longe, dava para ver as pulgas que saltavam alegremente do seu pelo.

Vários espectros passaram rente a eles, mas nenhum se dignou a olhá-los. Estavam muito ocupados fazendo retinir suas correntes.

Chegaram, então, à sala do trono, um aposento frio e escuro, quase sem mobília. As paredes eram de pedra entalhada, o ambiente exalava umidade, como no interior de uma caverna e, ao fundo, erguia-se um trono negro e pontiagudo.

– Olhem – sussurrou Loki. – Lá está Hela.

A rainha do inframundo estava recostada meio de lado no trono, com as pernas pendendo por um dos lados. Parecia bem jovem, como se fosse apenas uma adolescente.

E AÍ?.

Trajava-se de preto, com uma saia longa, meias listradas, luvas de renda que chegavam até o cotovelo, brincos em formato de aranha, lábios pintados de roxo e uma grossa camada de sombra nos olhos.

Além disso, era muito pálida. O cabelo era tão escuro quanto a plumagem de um corvo, com uma franja cobrindo um dos olhos.

Quando você é a rainha do inframundo, as opções de vestuário são escassas.

Pela sala do trono ressoava um lamento constante, produzido por um grupo de cinco mortos que ficavam num canto. Eles formavam um coro vocal do inferno e Hela sempre os mantinha por perto para criar um

ambiente adequado. Para sorte deles, era fácil apren-
der a letra das canções. Tinham apenas um som.

A rainha do inframundo estava lendo um livro
muito deprimente. Contava a história de dois aman-
tes muito infelizes, um deles morria e o outro se sentia
ainda mais desolado, e então, de repente, vinha uma
praga terrível e... Enfim, um dramalhão que só vendo.
Hela achava essas histórias o máximo.

Quando ouviu os três jovens deuses se aproximarem, Hela ergueu o olhar do livro com expressão
contrariada. Estava na parte mais interessante da his-

tória, que, para ela, sempre coincidia com a morte de alguma personagem.

— Pode-se saber quem são vocês? — perguntou de má vontade.

Os três amigos se aproximaram um pouco mais do trono. Fenrir se sentou e ficou olhando para todos os lados, desconfiado. Os lamentos do coro dos mortos estavam deixando-o nervoso.

Quase tanto quanto ele deixava os mortos nervosos.

— Podem deixar, eu falo — sussurrou Loki aos seus amigos.

O deus das travessuras deu um passo à frente, fez uma grande reverência e começou a dizer:

— Oh, poderosa Hela, rainha do inframundo e dos que esticaram as canelas...

— Pare de enrolar e desembuche logo — interrompeu-o Hela. — Ver vocês sujos desse jeito está me deixando de bom-humor... e odeio ficar contente!

— Ah... certo, sim... isso... — titubeou Loki.

Mas não pôde prosseguir, porque Hela fulminou-o com o olhar e depois voltou a se concentrar na leitura, como se nada tivesse acontecido. Pessoas que não iam direto ao assunto deixavam-na profundamente entediada.

— Ah, que depressãozinha boa estou sentindo hoje — suspirou. — Bem do jeito que eu gosto...

O coro dos mortos fez soar um lamento em dó menor para enfatizar suas palavras.

— Ponham mais tristeza nesse lamento! — protestou Hela. — Assim não há quem consiga ficar melancólico.

Os mortos optaram, então, por um dó sustenido.

— Assim está melhor — murmurou Hela, enquanto virava uma das amareladas páginas de seu livro. — Olhem só, que incrível! Uma cena num leito de morte...

Loki e Thor ficaram desconcertados, sem saber o que fazer. Olhavam impotentes a lendária rainha do inferno, que mais parecia uma adolescente de mal com o mundo. Mas Freyja decidiu pegar a rena pelos chifres:

— Ouça aqui, sua rainhazinha lacrimogênea! — disparou ela, avançando até o trono.

Thor e Loki tentaram detê-la, assustados com uma possível reação de Hela, mas a amiga desvencilhou-se dos dois.

— Viemos até esse seu deprimente reino para resgatar nosso amigo Loki — prosseguiu a jovem deusa dos aventureiros —, mas não queremos ficar aqui nem mais um minuto. Então, vamos lá, abra as portas e nos deixe voltar a Asgard.

Hela ergueu de novo a cabeça do livro e encarou Freyja, com uma expressão de tédio mortal (no seu caso, não era modo de dizer).

— Acho melhor não — limitou-se a responder.

— O quê?! Como assim, "acho melhor não"? — exclamou Freyja. — Você vai abr...!

Por sorte, dessa vez seus amigos conseguiram contê-la. Thor aproveitou para assumir o controle da conversa:

— Ouça, grande Hela... — começou a dizer com um fiozinho de voz. — Não queremos incomodá-la... hã... nem tampouco incomodar seus mortos cantores...

— Mas é isso o que estão fazendo — rebateu Hela, sem sequer olhar para ele. — Seja breve!

— Faremos o que for preciso para sair de Hel! — exclamou Thor, recuperando parte de sua coragem. — Peça o que quiser e atenderemos.

Aquilo pareceu captar o interesse de Hela.

— Você disse... o que eu quiser? — perguntou, olhando de soslaio para o jovem deus do trovão.

— Sim — afirmou Thor. — Estou disposto a dançar uma polca de olhos vendados, se for necessário. Em Asgard, eu me saía muito bem nisso. Não imagina o sucesso que fazia.

— Que história é essa de polca agora?! — repreendeu Freyja.

— Foi só uma tentativa, de repente colava... — murmurou Thor.

Hela deixou o livro de lado e coçou o queixo. Até se aprumou no trono, prova inequívoca de que a proposta de Thor despertara o interesse dela.

— Está bem — disse —, vou deixá-los sair do inframundo... se superarem uma prova.

— Qual? Qual? — perguntou Loki, impaciente. Rezou para que se tratasse de uma prova divertida, como ver quem conseguia enfiar mais grilos vivos dentro das botas.

Uma vez havia feito isso com Odin. Foi hilário.

— Se vocês quiserem sair do meu reino — acrescentou Hela em tom solene, ficando em pé —, terão que me fazer chorar.

— O quê? — perguntou Freyja. — Só isso?

Hela sorriu com uma expressão de sarcasmo.

— Não pensem que isso será fácil — rebateu. — Não derramei uma só lágrima em toda a minha vida. E, apesar de meu aspecto saudável, para dizer a minha idade são precisos muitos algarismos. Vivo rodeada de misérias e desgraças... e eu adoro! Entenderam?

Os três amigos engoliram em seco.

— Ah, e tem mais uma coisa — acrescentou a rainha do inframundo. — Se não conseguirem me fazer chorar... vão ficar aqui no inferno para sempre!

Gulp! A ameaça abalou os três jovens deuses, embora acabasse servindo para que se apressassem ainda mais em encontrar algo que a fizesse chorar. Não estavam dispostos a terminar como Hermódr, comendo churrasquinho de rato e fazendo brincadeiras horripilantes com os vivos que passassem por Hel.

Thor foi o primeiro a tentar:

— Vamos ver... hãhã... — Pigarreou para clarear a voz. — Era uma vez uma pequena órfã, muito, mas muito pobre..., tão pobre que até os ratos tinham que lhe emprestar dinheiro... e então... hã... um dia a mãe dela morreu e...

— Mas você não disse que ela era órfã? — perguntou Hela, contendo uma gargalhada.

— Sim, mas... hã... o caso é que a mãe dela estava viva, mas havia desaparecido, e então, quando voltou, aconteceu que...

— Uuaaaaaah! — bocejou Hela, abrindo tanto a boca, mas tanto, que deu para ver o sininho da sua garganta.

VOCÊ É MAIS ENTEDIANTE QUE UM SALMÃO FAZENDO GINÁSTICA.

— Muito bem, você foi brilhante, Thor — disse Freyja, dando um passo à frente. — Bem, Hela, agora se prepare para chorar de montão! Eu, sim, sei como fazer isso.

— É o que estou desejando — retrucou a rainha do inframundo com uma careta.

Freyja ficou diante de Hela com as mãos na cintura e deu início a uma série de maus-tratos e tortura psicológica:

— Eu nunca havia visto uma rainha tão incompetente quanto você — disparou. — Olhe só de que jeito estão as coisas por aqui.

— E veja as suas olheiras. E que pele mais branquela! — prosseguiu Freyja, aumentando a dureza de seu tom. — Você precisa fazer mais exercício, está um trapo. E com certeza só come porcaria.

— Seus sermões não me afetam — replicou Hela.

— E... e... — Freyja já não sabia mais o que dizer. — E, além disso... esse lugar tem cheiro de morto! Vamos lá! Você não sabe o que é um aromatizador de ambiente?

— Próximo! — rebateu Hela, apoiando a cabeça numa das mãos, com cara de quem assiste a uma aula de álgebra avançada.

— Deixem-me cuidar disso — interveio Loki.

E, quando passou perto dos amigos, sussurrou:

— Preparem-se para ir, que dessa vez é certo que vamos sair daqui.

Thor e Freyja não pareceram muito convencidos. Afinal, a especialidade de Loki era fazer rir, e não chorar.

VEJA O LADO BOM DA COISA: SE MORRERMOS, NÃO PRECISAMOS IR MUITO LONGE.

Loki, que recuperara a habitual confiança, aproximou-se do trono de Hela. A rainha do inframundo olhou-o como se ele fosse um daqueles mosquitos que ficam rondando a nossa orelha quando tentamos dormir. Abriu a boca para reclamar, mas, antes que pudesse dizer algo, Loki sussurrou algo ao ouvido dela.

A primeira reação de Hela foi fazer uma cara de surpresa. Depois, começou a se formar um sorriso em seus lábios, que desembocou numa risada, que por sua vez deu lugar a uma gargalhada cada vez mais estridente.

— Acho que Loki não captou bem o objetivo — disse Thor. — Era para fazê-la chorar, e não rir.

A deusa do inframundo ria e ria sem parar...

Até que de seus olhos começaram a brotar lágrimas grossas...

— Estou chorando! — exclamou, levando as mãos ao rosto. — Estou chorando de rir! Não sabia que isso era possível!

A prova consistia em fazê-la chorar. Mas ela não especificara como.

— Eu venci a prova — disse Loki, bem sério. — Agora deixe a gente sair daqui.

— Claro, claro, podem ir — disse Hela, abanando uma mão, ainda sem fôlego depois de chorar de tanto rir. — Deixem-me curtir sozinha essa sensação tão maravilhosa!

Enquanto a rainha do inframundo se retorcia de rir em seu trono, com lágrimas escorrendo pelo rosto, Loki correu até seus amigos, ainda boquiabertos.

— O que você disse a ela? — perguntou Thor.

— Nada. Contei um segredo — respondeu, sem dar detalhes.

— Que segredo? — insistiu Freyja. — Vamos, conte para nós, também quero rir um pouco.

— Já falei que não é nada...

— Vamos! Conte para nóóóós! — acrescentou Thor. — Eu vou atormentá-lo até você contar!

— Está beeeeem! — concordou Loki, a contragosto. — Contei que eu chupo o dedo quando durmo.

— Mas é brincadeira, não é? — exclamaram Thor e Freyja em uníssono.

Loki não respondeu. Limitou-se a abaixar a cabeça e ficou todo corado.

— Não acredito! — exclamou Freyja. — Então é verdade!

— Eu já tinha percebido que você tinha o polegar todo enrugado! — celebrou Thor.

Thor e Freyja começaram a rir, com gargalhadas tão estridentes quanto as de Hela.

Não demorou e os dois também estavam chorando.

— Não salvei a vida de vocês? — murmurou Loki, vermelho de raiva. — Então nem uma só palavra a respeito disso, tá?!

Saíram a toda velocidade da sala do trono, acompanhados por Fenrir. Mas, antes que tivessem ido muito longe, ouviram ressoar a voz de Hela, que ainda estava ofegante de tanto dar risadas.

— Eu me esqueci de comentar uma coisa — disse a rainha do inframundo. — Mesmo que os deixe sair, receio que não seja tão simples assim. Fui informada de que há alguém por aqui que quer se vingar de Thor...

Ouviu-se, então, um lamento angustiante, o mesmo que vinham ouvindo desde aquela primeira noite em que acamparam no Bosque de Ferro.

— AAAAUUUUU!

CAPÍTULO 12
O PAPA-DEUSES

A primeira coisa que eles viram foi uma águia gigantesca descendo dos céus, batendo suas poderosas asas.

— Esse é o monstro que quer se vingar de mim?! — exclamou Thor, assustado. — Mas por quê?

A águia pousou no chão e começou a mudar de forma lentamente, convertendo-se num temível gigante.

— Venho observando vocês desde que entraram em Niflheim, seus micróbios — disse com voz áspera. — Sou o Papa-deuses, o terror de Yggdrasill!

ESPERO QUE O NOME NÃO SEJA LITERAL.

— O que você quer de mim? — perguntou Thor, tentando manter o sangue-frio.

— Seu pai, Odin, me baniu para cá — replicou o gigante —, e tudo porque fiz umas pequenas trapacinhas num jogo de cartas... Agora tenho a oportunidade de me vingar dele através de você... e quero aproveitá-la!

Dito isso, o gigante voltou a transformar-se naquela imensa águia. Sem aviso prévio, partiu direto para cima dos três jovens deuses.

— Fenrir, nos ajude! — pediu Loki.

Mas o lobo correu para se refugiar atrás de umas rochas com o rabo entre as pernas. Enquanto isso, os três amigos conseguiram escapar da investida por um fio.

— Precisamos fazer algo, Thor — disse Freyja. — Você não consegue golpeá-lo com o Mjöllnir?

— Claro! — respondeu o deus do trovão.

Thor fez girar o martelo e lançou-o contra seu inimigo. Mas o Mjöllnir ricocheteou no peito do Papa-deuses sem causar o menor estrago.

Cada vez que Thor se sentia inseguro, o martelo se tornava de borracha. O Papa-deuses aproveitou a confusão para lançar-se sobre ele.

— Não! — gritaram Loki e Freyja em uníssono.

A águia agarrou-o com o bico.

— Vai comê-lo como se fosse um arenque! — acrescentou Loki, lamentando-se.

A águia preparava-se para engolir o indefeso Thor. Fechou os olhos para apurar o paladar e...

Que estranho! Aquele deus loirinho não tinha gosto de nada?! Voltou a mastigar. Nada, nem sombra de qualquer sabor. Então experimentou engoli-lo... e então compreendeu tudo. O jovem Thor não estava dentro de sua goela! Havia escapado! Mas como?

A resposta deve ser buscada alguns segundos antes, quando Freyja abriu sua capa de penas de falcão e levantou voo. Freyja voou tão rápido, que seu cabelo se despenteou todo. Então, quando seu amigo estava a ponto de ser engolido pelo Papa-deuses, Freyja agarrou-o e se afastou voando.

Como vimos, a águia demorou alguns segundos para entender o que estava acontecendo. Tempo suficiente para que Freyja se afastasse a toda velocidade cruzando os céus, de volta à rocha onde os esperava o boquiaberto Loki.

— Você é a maior, Freyja! — exclamou, quando aterrissaram ao lado dele. — Depois de mim, é claro.

— Não cante vitória tão cedo — rebateu a amiga. — Falta derrotar esse bicho.

Ainda tinham uma oportunidade e não iam desperdiçar a chance de um contra-ataque.

Loki montou em Fenrir e sussurrou-lhe algo. O lobo, então, desatou a correr em direção ao Papa-deuses, que não teve tempo de reagir.

Mas, em vez de atacá-lo ou dar-lhe uma mordida, como o Papa-deuses acreditou que ele faria, Fenrir passou ao largo, desviando dele.

O Papa-deuses virou-se lentamente, pois, com seu imenso tamanho, não conseguia fazer movimentos muito bruscos, e saiu atrás deles.

— Agora é nossa vez! — exclamou Freyja, ao ver que a manobra de distração de Loki havia funcionado.

Freyja agarrou Thor e elevou-se pelos ares, com auxílio da capa. O inimigo estava tão distraído perseguindo Fenrir e Loki que não os viu chegar.

— Quando estivermos bem posicionados — disse Freyja —, vou soltá-lo para que você o golpeie.

— Não sei se o Mjöllnir vai me obedecer... — disse Thor, pesaroso.

— Você vai conseguir, Thor — animou-o Freyja. — Seu martelo é a única coisa capaz de nocautear esse monstro. Agora é com você!

Essas palavras renovaram o ânimo do jovem deus do trovão. Por fim, começava a compreender que a fraqueza do Mjöllnir devia-se exclusivamente a ele e que, se se esforçasse, poderia reverter isso.

CARREGÁVEL COM CORAGEM

Desde que começara a viagem, Thor tinha ficado inibido e assustado, não se sentia à vontade em Hel. Mas, ao ver a valentia demonstrada por seus amigos, começou a recuperar a confiança em si mesmo. Graças a isso, agora sentia o poder do Mjöllnir voltar.

Thor fechou os olhos e empunhou o martelo. O Mjöllnir começou a fazer barulho e a soltar faíscas azuladas. Quando estavam quase alcançando o Papa--deuses, Freyja sussurrou-lhe:

– Bata com força, Thor.

Thor assentiu com a cabeça. Então Freyja soltou-o e Thor mergulhou com tudo até o cocuruto do Papa-deuses.

O monstro percebeu a presença do deus e a do Mjöllnir, mas não teve tempo de reagir. Thor ergueu o martelo com as duas mãos e desferiu-lhe um tremendo golpe na cabeça.

A águia foi nocauteada e despencou no vazio. Durante o trajeto, recuperou sua forma original de gigante e se estatelou no chão.

Thor aterrissou ao seu lado. Derrotara o monstro mais poderoso do mundo dos mortos.

— Conseguimos! — exclamaram os três amigos em uníssono.

Os jovens deuses correram para se abraçar. Até Fenrir participou do entusiasmo, cobrindo-os de lambidas.

Subiram no lombo do lobo para dirigir-se à saída de Hel.

Com a má sorte que vinham tendo, naquela hora poderia ter acontecido qualquer coisa com eles.

Mas, dessa vez, a sorte lhes sorriu. Assim, os três amigos e Fenrir puderam atravessar as portas do inframundo, conseguindo uma proeza que nenhum deus havia conseguido até então.

EPÍLOGO

Thor, Freyja e Loki suspiraram aliviados quando atravessaram as portas de Hel. A desolada paisagem de Niflheim que se estendia diante de seus olhos parecia saída de um sonho, como uma ilha paradisíaca.

O resto do caminho transcorreu sem sobressaltos. Mas, antes que pudessem sair daquele reino gelado e sinistro, uma figura cruzou o caminho deles.

Era uma anciã vestida com uma túnica longa e escura, como os pensamentos de um gigante de gelo. Era a Vidente do começo da aventura.

— Trago uma mensagem a respeito do futuro — anunciou muito séria.

— Já conheço meu futuro — respondeu Loki. — Dormir até depois de amanhã.

— Estamos com pressa, senhora — disse Freyja, que não via a hora de poder tomar um banho relaxante.

— Mas... mas... — murmurou a Vidente, surpresa. Thor, Freyja e Loki desapareceram no horizonte.

A Vidente ficou furiosa, mas, ainda assim, não abriria mão de sua tarefa.

> TOMARA QUE TENHAM INSÔNIA, SEUS MAL-EDUCADOS.

Portanto, com plateia ou sem, a Vidente decidiu expor sua profecia:

— *Quando Egdir, o gigante, tocar sua harpa e quando o galo vermelho, Fjalar, cantar, terá início o Ragnarök. O fim do mundo para os deuses!*

Depois, foi até sua caverna pegar um casaquinho.

Erik Tordensson

Nascido há 58 anos e meio num recôndito fiorde norueguês, Erik cresceu ouvindo os mitos nórdicos que sua avó contava junto à lareira. Nem sempre eram do seu agrado, mas pelo menos ele ficava quentinho.

Quando aprendeu a ler, devorou todos os livros que caíram em suas mãos. Mais tarde, aprendeu a escrever e começou a criar as próprias histórias. Algumas, como *As aventuras de Thor*, tendo os vikings como protagonistas.

Atualmente vive em Benidorm, Espanha, com sua companheira, três filhos e duas cabras. Embora adorasse poder imitar seu herói, Erik é incapaz de usar um martelo sem acertar o dedo.

Valentí Ponsa

Valentí Ponsa é um ilustrador de Terrassa, Espanha, que trabalhou em mil coisas diferentes, mas sempre relacionadas com desenho: *storyboards* e ilustrações para publicidade, livros infantis e juvenis, animação, quadrinhos... e coisas das quais nem ele mesmo se lembra mais.

No tempo que sobra, ele organiza acampamentos temáticos do Harry Potter, teve seis ou sete bandas de música (todas ruins) e não consegue parar de devorar livros, discos, séries, filmes, quadrinhos e games.

Também é autor de *Como triunfar na Internet em 7 dias*.

Este livro foi composto em Gloriola,
corpo 12 pt, para a editora Pingo de Ouro.